ハーレクイン文庫

コテージに咲いたばら

ベティ・ニールズ

寺田ちせ 訳

HARLEQUIN
BUNKO

AN INNOCENT BRIDE

by Betty Neels

Published by Harlequin Japan, a Division of K.K. HarperCollins Japan, 2025

コテージに咲いたばら

◆主要登場人物

カトリーナ・ギブズ……………家事手伝い。
サーザ・ギブズ…………………カトリーナの伯母。
ドクター・ピーターズ…………ギブズ家のかかりつけ医。
サイモン・グレンヴィル………血液内科医。教授。
ピーチとミセス・ピーチ………サイモンの家の執事夫妻。
トレイシー・ウォード…………サイモンの患者。白血病の少女。
モリー・ウォード………………トレイシーの母親。
レディ・トラスコット…………村の領主館の主人。
モーリーン・ソームズ…………レディ・トラスコットの姪。サイモンの研究室の医者。
ミセス・ダイアー………………村の雑貨店の主人。

1

その道は狭く、高い生け垣に囲まれ、木立が影を落としていた。そしてイギリスのたいていの田舎道がそうであるように、静かな田園風景の中をどこまでもくねくねと続いていた。行き交う車はなく、春の朝の日ざしが心地よく降り注いでいる。

ダークグレーのベントレーのハンドルを握る男性は、のんびりとドライブを楽しんでいた。イギリスの田舎では、今でも偶然こんな静かな道に出ることもあるのかと感慨深げに思ったとき、突然、前方のカーブからオートバイが現れ、ベントレーをわずか数センチのところでかすめて、道路の真ん中を猛スピードで走り去った。

ベントレーのドライバーはそのカーブを曲がったところで低くののしると、車をとめて外へ出た。買い物かごの中身が道路に散らばり、変わり果てた姿の自転車が一台、道端に倒れている。そのそばに若い女性が座り込んでいた。見たところ、けがはないようだが、ひどく怒っている。

「まったく何を考えているんだか――あなた、見ました？　オートバイの走る側じゃない側をおかしなスピードで走っていったのよ」

なんてすてきな女性だろう。ベントレーの男性は彼女のほうへ歩きながら思った。大柄で、ダークブラウンの豊かな髪。そして、ちょっとやそっとでは忘れられないほど美しい顔立ち。

彼女のそばへやってきた男性は堂々とした体格で、もはや若いとはいえず、ブロンドのこめかみのあたりが白くなってはいるが、ハンサムで、鼻筋が通り、薄い柔らかそうな唇をしていた。

「ああ、見たよ。けがはないかい？」彼はかがみ込んで彼女の体を見まわし、脚の切り傷から血がにじんでいるのを見つけた。「そのまま動かないで。かばんを取ってくるから」

彼が戻ると、女性は言った。「あなたはお医者さまなの？　運がよかったわ」

彼はそっと傷口を消毒した。「確かに医者だが、こんな状況を運がいいとはとても言えないよ。かかりつけの医者に診てもらわないと。ほかにけがしたところは？　意識は失わなかった？」

「大丈夫です。あちこちずきずき痛むだけで」

「君を家へ送っていって、かかりつけの医者を呼ぶのが一番だろう。家はこの近くかい？」

「この道を二キロほど行ったところです。ローズ・コテージといって、道の左手にあるわ。

その先の村までは一キロくらいです」

彼は女性の脚に包帯を巻き、手足の擦り傷を消毒し、髪についたほこりを払い落とした。「たぶん、あとから青あざになるだろう」医師はかばんを閉じて言い、こともなげに彼女を抱き上げて車へ運んだ。

シートに下ろされると、彼女は心配そうに言った。「こんなこと、してくださらなくてもよかったのに。私、重いでしょう」

「君は大柄だからね」軽く応じられたが、それは慰めにもならなかった。

彼は感じのいい笑みを浮かべている。優しいが、感情をまじえない笑みだ。そうよ、私は大柄なのよ。彼女は泣きそうになりながら、じっと座り込んだまま、医師が買い物かごの中身をかき集め、自転車の残骸《ざんがい》を道端の草むらに積み上げるのを見ていた。あまりの光景に、彼が車の隣に乗り込んできたときには、汚れた頬に涙が伝っていた。

それを見るなり、彼は真っ白な大判のハンカチを差し出し、笑みと同じように優しいが感情をまじえない声で言った。「思いきり泣けば気分がよくなるよ。すっきりするにはそれが一番だ」

彼女がすすり泣いたあと、涙をふいてはなをかむまで、医師はじっと待っていた。「このハンカチは洗ってお返しするわ」彼女は小声で言い、汚れた、それでもなお美しい顔を上げて彼を見つめた。「私はギブズといいます――カトリーナ・ギブズです」

彼は差し出された手を握った。「サイモン・グレンヴィルだ。家には君の面倒を見てくれる人はいるのかい？」

「いいえ。でも、じきに帰ってきます――一時ごろには」

彼は携帯電話に手を伸ばした。「警察と君のかかりつけの医者に電話しよう。だれか君のそばについていてくれる人がいないと。一人にするわけにはいかないからね」彼はさっそく警察に電話した。「すぐに来るそうだ。次はかかりつけの医者の名前と……電話番号はわかるかい？」

「ええ。彼は週に三日、午前中に村で診察しているの。今日は診察日だわ」

医師がまた電話で話しているのを、彼女はほとんど聞いていなかった。急に疲れが出てきて眠くなった。たぶん、ショックのせいよ。家に帰れば治るわ。お茶を飲んで、ベッドで三十分くらいやすめば……。

ローズ・コテージまでは車でほんの数分だった。家は小さく、赤いれんがの壁にかなり古ぼけた草ぶき屋根で、道路に沿って横向きに立っている。木の門を開けると、れんがの小道が草ぶきのポーチの下にあるどっしりした玄関ドアへと続いていた。

ドクター・グレンヴィルは車を降りた。「君はここにいなさい。玄関の鍵《かぎ》は？」

「ドアの上の桟の上です。左のほうの……」

鍵は大きくて重かった。女性がバッグに入れて持ち歩くには確かに不便だろう、と思いながらドクター・グレンヴィルはドアを開けた。玄関は直接、居間へつながっていた。居間は狭く、家具でごたごたしている。正面の半開きになったドアからキッチンが見えた。ドアはほかに二つあり、手前のドアを開けると、そこはまた小さな部屋で、どうやら食堂らしい。もう一つのドアを開けると、狭い階段があった。

彼は車に戻り、助手席のドアを開けて、カトリーナを抱いて車から降ろした。

「私、歩けます」

「やめておいたほうがいい。君の医者に診てもらうまでは」

彼が階段に通じるドアを足で開けると、カトリーナはせっぱ詰まった声で言った。「私を抱えて階段を上るなんて無理よ」

言っただけ無駄だった。彼は返事もせず、狭い踊り場の上まで来ても、まったく息も乱れていなかった。「君の部屋は?」

「右側よ。お願いだから、下ろして……」

彼はそれにも答えなかった。彼女を小さな部屋の狭いベッドに寝かせると、サンダルを脱がせ、ベッドの足元にたたんであったパッチワークキルトを上にかけた。

「静かに横になって目を閉じて」彼は言った。そして玄関のドアをノックする音が聞こえると、また言った。「きっと警察か医者だろう。行ってくる」

「こんなのばかげてるわ」カトリーナは腹立たしげにつぶやいた。だが目を閉じたとたん、彼が階段の下にも着かないうちに眠ってしまった。

訪問者は太った丸顔の巡査だった。門の脇《わき》の生け垣に彼の自転車が立てかけてある。

「連絡を受けて来ました」巡査は医師をじろじろ見ながら言った。「村に駐在しておりますので、私が事故の検分に。ミス・カトリーナにけがは？」

医師は握手の手を差し出した。「ドクター・グレンヴィルです。僕がミス……ええと、カトリーナが道端に座り込んでいるのを見つけました。オートバイにはねられて、自転車はばらばらになっていた。かかりつけの医者には僕から電話しておきました。彼女は今、ベッドでやすんでいます。調書をとるのは診察がすむまで待ってもらえませんか？　かなりショックを受けているし、打撲や擦り傷もあるし」

「あなたは事故を目撃したんですか？」

「いや。だが、そのオートバイがカーブを曲がってきて僕の車にもぶつかりそうになりながら走り去ったあと、彼女が道路に座り込んでいるのを見つけたんです。ここから二キロくらいのところで」

「行って見てきます。オートバイのナンバーは見なかったでしょうね？」

「ああ、ものすごいスピードだったからね。さらに事故が起きないように、自転車は道端によけて置いてあります」

「まだここにいらっしゃいますか、ドクター？」

「いますよ、彼女の医者が来るまでは。僕の調書も必要だろうし」

「とにかく現場を見て、報告してからですね」

ドクター・グレンヴィルはコテージのキッチンへ入っていった。だれであれ、一時に帰ってくる人物を待ったほうがいいだろう。ことさら帰宅を急いではいないし、彼女を一人にするわけにもいかない。

キッチンは居間と同じくらいの広さで、床はタイル張りになっており、明るい壁紙がはってあった。細長い庭に通じるドアがあり、そばに小窓がある。窓は開いていて、横に小さな黒白の猫が落ち着き払って座っていた。

彼は猫の顎の下を撫《な》で、もの欲しげな目つきを察して、皿を探してくると、食料貯蔵室の棚からミルクを出してついでやった。

れんがの小道を歩いてくる足音がしたので、彼は玄関へ出ていった。やってきたのは白髪まじりの中年男性で、面長で猫背だった。「ドクター・グレンヴィルですね?」彼はさっそく言って握手の手を差し出した。「ピーターズです。カトリーナを助けてくれたとはありがたい。彼女は階上《うえ》ですか?」

「ええ。村の巡査が来て、現場を見に行きました。よかったら、しばらく僕がここにいましょうか?」

「そうしていただければありがたい。あなたのお見立てはいかがですか? 重大な傷はない?」

「見たところないようですが、僕はちゃんと診察したわけではないので——脚の切り傷に包帯をして、意識を失わなかったことを確かめただけです」

ドクター・ピーターズはうなずいた。「では階上へ行ってきましょう」

しばらくして彼は階下へ下りてくると、玄関先の木製のベンチに座っていたドクター・グレンヴィルのところへやってきた。

「特に異状はないようですね。意識は失わなかったと私にも言っていましたし。健康で若いから、このくらいですんだんでしょう。それにしても、一人にしておくのはよくないな。一時間くらいはやすませないと。カトリーナは働き者でね、私たちが帰ったとみるや、下りてきて庭の畑を掘り返すか、部屋に掃除機をかけるかするでしょう。彼女は伯母のミス・サーザ・ギブズと暮らしているんですが、ミス・ギブズはウォーミンスターの歯医者に行ってるそうです。一時ごろバスが着くまでは戻らないでしょう」彼は眉を寄せた。

「ひょっとしたら牧師の奥さんに来てもらえるかもしれないが……」

「お役に立てるなら、僕が残りますよ」ドクター・グレンヴィルは言った。そして言ったとたん、なぜそんなことを言ったのだろうと思った。「ロンドンへ行く途中でしたが、今日は仕事がありませんから」彼はさらに言った。「僕は聖オールドリック病院に診察に行っているのでロンドンにフラットを持っていますが、自宅はワーウェルなんです」

ドクター・ピーターズは言った。「聖オールドリック病院——じゃ、あなたは『ランセット』にあの論文を書いたドクターですね、血液学の専門医の。お会いできてうれしいですよ。もっとも、もっと穏当な機会であればよかったんですが。しかし、本当にお時間はいいんですか?」

「大丈夫です。彼女の伯母さんが帰ってきたら何か伝えましょうか?」

「ミス・サーザに? では、私が今日あとから、もしくは明日の朝、立ち寄ると言ったと伝えてください」彼はかすかに苦笑した。「彼女は言いたいことをはっきり言う人間でね——その点ではカトリーナも同じだが」

一人になると、ドクター・グレンヴィルは二階へ上がっていき、開いた戸口で入ってもいいかと尋ねてからベッドに近づいた。

「ドクター・ピーターズは帰ったけど、僕は君の伯母さんが戻るまでここにいるよ。お茶はどう?」

カトリーナは体を起こして座ったが、すぐに後悔した。頭痛がしてきたからだ。こんな事故のあとでは無理もないけれど……。「どうしてあなたがまだここにいるのかしら」彼女はぶしつけに言った。「いてくださる必要はありません。私は赤ちゃんではないし、どこも悪くないんですから。どうかお引き取りください。たいへんお世話になって、ありがとうございました」

彼はカトリーナの顔をしげしげと見つめ、もう一度穏やかに尋ねた。「お茶はどうかな?」

カトリーナはうなずいて目を閉じた。私の態度ときたら……。だが謝ろうと思って目を開けたとき、彼の姿はすでになかった。

ドクター・グレンヴィルは湯を沸かす間、キッチンの中を動きまわって必要なものを探し出した。そこは居心地のいい小さな部屋で、窓には明るいカーテンがかかり、壁際に小さなテーブルと椅子が二脚あった。レンジは古いものだったがぴかぴかに磨き上げられ、戸棚の中はきちんと整理されている。だが、中の品物は多くなく、ほとんどが必需品で、缶や箱類はなかった。冷蔵庫もなかったが、石の棚のついた旧式の食料貯蔵室があり、そこはとても涼しかった。

彼はお茶をいれた。猫が期待した顔で見ているので、レンジの上の片手鍋《なべ》に残っていたシチューを皿に入れてやった。それからマグを見つけてお茶をつぎ、二階へ持っていった。

部屋に入っていくと、カトリーナは上体を起こしていた。ドクター・グレンヴィルは彼女の背中にクッションを当て、お茶をすすめた。今回は立ち去らずに、ベッドの端に腰かけて、彼女の震える手に手を添えてマグを持たせた。

「頭痛はよくなってきたかい?」彼は尋ね、カトリーナがそっとうなずくとまた言った。

「僕がいる間にできることはある? だれかに電話しようか?」

「うちには電話はないの」そっけなく答えたが、お茶を飲み終えると、だいぶ気分がよくなった。「ぶしつけで恩知らずな態度をとってごめんなさい」

「そんなことはどうでもいい」

その言い方がまったく無頓着《むとんちゃく》そうに聞こえたので、カトリーナは言わなければよかったと思った。嫌いよ。親切で力になってはくれるけれど、それはこの人が医者で、あの立派な車に飛び乗ってさっさと立ち去るわけにいかないからだわ。

一方、ドクター・グレンヴィルのほうも彼女の反感に気づいて、こう考えていた。この女性はめったにお目にかかれないほどの美人だが、口は悪いし、意地っ張りだ。たぶん不幸な恋愛を経験して、気難しくなったんだろう。残念なことだ。

彼は階下に戻って自分にもお茶をつぎ、座ってそれを飲んだ。小さな猫はその膝の上で丸くなった。もしかすると親しいつき合いの始まりになっていたかもしれないものを、今では双方とも、どうでもいいものとみなしている。人生には時折、自分とは合わない人間に出会うことがあるものだ。ドクター・グレンヴィルはそう考えると、彼を待つ仕事のほうへ気持ちを切り替えた。

ほどなく、彼は再びそっと二階へ上がってみた。カトリーナは眠っていた。枕《まくら》の上に乱れた髪が広がり、唇がかすかに開いている。頬に擦り傷があり、腕の打撲傷は青くなってきていた。大柄な女性だが、眠っているところはまるで子供のようだ。

彼はキッチンへ戻り、やがて門が開く音を聞いて玄関ドアを開けに行った。

小道をきびきびと歩いてくる女性は年齢は定かではないが、非常に背が高く、やせていて、細い顔にとがった鼻をしていた。地味な帽子をかぶり、古めかしいベージュのコートとスカートに身を包んでいる。ドクター・グレンヴィルから一メートルくらいのところまで来ると、彼女はきっぱりとした口調で尋ねた。「あなたはどなた？ うちの玄関に知らない方がいるなんて。まさかカトリーナのお友達ではないでしょう？」

お世辞とも、いやみともとれる言い方だ。ドクター・グレンヴィルはそう思いながら、脇によけてミス・サーザ・ギブズを家に通した。

「いいえ、違います。あなたの姪御《めいご》さんがちょっとした事故に遭われて、たまたま僕が通りかかったものですから。あわてることはありません……」

「私は簡単にはあわてない人間です」ミス・サーザ・ギブズはぴしゃりと言った。「さっさと要点をおっしゃい。あの子はここにいるんですね？」

「ベッドでやすんでいます」彼は職業上の鎧《よろい》を身につけていた——相手を元気づける同情がかすかにこもった、だが感情をまじえない礼儀正しさという鎧を。「姪御さんはオートバイに自転車ごとはねられ、オートバイの運転手はそのまま逃げました。けがは脚を切ったほか、擦り傷、打撲傷を負い、ショックを受けていますが、意識はしっかりしています。ドクター・ピーターズが診察に来て、あとでまた様子を見に来るそうです」

「あなたはなぜここにいるの、私の家に？」

彼はあきれた顔をした。「姪御さんが一人でおいておける状態ではなかったからです。だが、すぐに回復するでしょう。では、失礼」

ミス・ギブズは彼女らしくもなく、赤くなった。「もちろん、あなたのご親切には感謝します……」ぎごちなく言い始めたが、穏やかにさえぎられた。

「いいえ、なんでもありません、ミス・ギブズ。では、姪御さんによろしく」

彼は車に乗って走り去り、ミス・ギブズは家に入ってゆっくりと階段を上った。

カトリーナは相変わらず、ぐっすり眠っていた。擦り傷や青あざがあるにもかかわらず、ふだんと変わりなく健康に見える。ミス・ギブズはキッチンに行って自分用にサンドイッチを作り、トレイにボウルや皿やスプーンを用意してから、スープを温めるために火にかけ、座って待った。午前中の外出で疲れていたうえに、見知らぬ男性との遭遇で彼女は動揺していた。日ごろから相手の気持ちを考えずにはっきりものを言ってきたが、あの男性が親切だったのは確かなのだ。彼女はうとうととまどろんだ。そして三十分ほどして目を覚ますと、カトリーナがテーブルについてスープを平らげていた。

伯母が目を開けるのを見て、彼女は言った。「彼、帰ったの？　あの男性よ――私をうちまで送ってきてくれた人。私、ちゃんとお礼も言わなかったの。伯母さま、あの人に会った？」

ミス・ギブズは立ち上がってやかんを火にかけた。とにかく、お茶を一杯飲みたかった。

「何があったのか話してちょうだい。それに、ええ、その人には会ったわよ。ほんのちょっとだけれど」

カトリーナは事実だけを話した。伯母は感情をあらわにすることや、大げさな物言いには我慢できない人だったからだ。話し終えると、カトリーナは言った。「彼にはとても迷惑だったでしょうね」

「あの人は医者なの？」ミス・サーザ・ギブズは顔をしかめた。「どうやら私は彼に少し手厳しくしすぎたようだわ。たぶん、ドクター・ピーターズに名前を言っていったでしょうから、私たちとしては彼に礼状を出すのが礼儀でしょうね」

「そこまでしなくてもいいんじゃないかしら」カトリーナは言った。「今ごろはもう事故のことなんて忘れているわ。彼は私を好きじゃないみたいだし」

「彼がそう言ったの？」

「まさか。でも、彼は……」ちょっと間をおいて、言葉を探す。「辛抱強いのよ。退屈だけど義務だからしているって感じで、好きになれなかったわ」

「そういうことなら、どうせ彼に会うことはもうないんだから、いいじゃないの」

「そうね」カトリーナはそう答え、たとえ好きではなくても、もう少し彼について知るのはいいかもしれないというひそかな思いは無視した。

だが、二度と彼に会うことはないとしても、そのあと彼についてもっと知ることにはなった。というのは、その日遅く、ドクター・ピーターズが訪れたからだ。

「あの男性ですけどね」ミス・ギブズが言った。「カトリーナの話だと、お医者さまだとか」

「聖オールドリック病院の顧問医だよ。血液学者で、それも第一人者だ。言ってなかったかい？　なるほど、自分の業績を自慢するような男じゃないんだな。彼は昼食を食べていったんだろう？」

ミス・サーザ・ギブズは気まずそうな顔をした。「いいえ。ちょっと言葉を交わしただけで帰っていきましたから」

ドクター・ピーターズはかぶりを振ってみせた。「サーザ、彼にかみついたんだね。この村ではみんな、あなたの毒舌に慣れているが、よその人はびっくりするかもしれないよ」

「少し言いすぎたかもしれないわね。でもこれで彼の身元がわかったから、お礼状を出しますよ」

カトリーナはいら立たしげに口を挟んだ。「伯母さま、さっき、彼はもう私たちのことなんて忘れているって言ったでしょう」

「それはどうかな」ドクター・ピーターズが言った。「何しろ、彼は一日の予定をすっかりおかしくされたんだからね」

「いいわ、伯母さまがそうしてほしいなら、お礼状を書くわよ。どうせ彼は読まないでしょうけど――来る手紙は秘書まかせにしているんでしょうから。それとも奥さんにか」カトリーナはあえてつけ加えた。きっと彼は結婚しているわ。子供が二人いて、高級住宅街に家があって……。

「私も礼状を出すのが礼儀だと思うね」ドクター・ピーターズが言った。「そういえば、彼は教授だ。医学名鑑で調べたんだよ。サイモン・グレンヴィル教授あてで、手紙は聖オールドリック病院気付で出せばいい」

ほどなく、医師はいとまを告げた。ミス・ギブズが門まで送っていくと、彼は言った。

「カトリーナは少しショックを受けているね。二日くらい、のんびりさせてあげなさい。あんなふうにいらいらするなんて彼女らしくないよ」

まったくそのとおりだった。カトリーナは気立てのいい親切な娘で、村のだれからも好かれている。頼まれればいつでも手を貸し、伯母と違って、出会う人をみな好きになるおおらかさがあった。だがどういうわけか、一人だけ例外がいた。今朝、彼女を助けてくれた男性だ。しかし、だからといって、彼に感謝しなくてもいいということにはならない。

その晩、カトリーナは丁寧な礼状をしたためた。何度か書き直したが、最後には満足のいくものが書けたので、それを翌日ポストに入れ、これで一件落着だと自分に言い聞かせた。

むろん、カトリーナは警察に事故の調書を出さなければならなかった。それから中古自転車を探してウォーミンスターを歩きまわった。新品を買うのは論外だった。残念だったのは前の自転車に保険をかけていなかったことだ。とにかく、何かしらの交通手段は必要だ。ウォーミンスターへはバスの便があるが、運賃が高い。カトリーナはここ数年、買い出しを引き受けていた。週に一度まとめ買いし、日用品は村の店ですませる。といっても、伯母と二人きりのつましい暮らしに必要なものはあまりなかった。野菜はコテージの裏庭で作り、卵は近くの農場から買う。卵からどれほどたくさんの料理ができるかは驚くほどだ。


カトリーナは十二歳のとき両親を飛行機事故で亡くし、それ以来サーザ伯母と暮らしてきた。兄弟姉妹はいないが、叔父や叔母やいとこたちはたくさんいた。だがその中でカトリーナを引き取ろうと言ってくれたのはサーザ伯母だけだった。それが十二年前のことで、当時サーザ伯母はまだ私立女学校の校長をしていた。カトリーナはその学校で教育を受けた。伯母が退職したとき、彼女は十七歳で、大学への進学を希望していたが、その夢はかなえられそうになかった。サーザ伯母が彼女らしい率直さで、年金しか収入がないので、大学へはやれないと言ったからだ。

「でも、ひょっとすることだってありますよ」伯母は言った。「とりあえず私とこの家にいなさい。まだ若いんだから、一年や二年はどうってことありませんよ。あなたの叔父さんや叔母さんに手紙で援助を頼んでみましょう。なんといっても、あの人たちはあなたの父親の兄弟姉妹なんですからね」

しかし、援助の申し出はなかった。サーザ伯母には、カトリーナのいとこたちが親の財布を常にからにしていることがわからないのだろうか。子供を一人前にするのにどれくらい金がかかるものか、考えも及ばないのだろうか。

一、二年したら援助できるかもしれないという漠然とした話はあったので、カトリーナは失望を押し殺して、一年くらいコテージに住むのがいいというサーザ伯母の意見に従った。何か働き口を見つけたいという希望をそれとなく言ってみたことはあった。「私は成績もいいし、機転もきくから、ウォーミンスターで仕事を見つけられるんじゃないかしら? 店員とか、歯医者の助手とか……」

だがサーザ伯母は賛成しなかった。「私の姪がそんな仕事で才能を無駄にすることは許しません」彼女は力をこめて言った。「あなたのいとこたちが大学に行けるのなら、あなただって行けます。ただ一、二年待てばいいだけの話ですよ」

しかし、歳月はいつの間にか過ぎていった。いとこたちはもはや大学生ではなかったが、親にとってはなおも金のかかる存在だった。娘たちは婚約し、豪華な結婚式を望んだ。息子たちはふさわしい職業について生活が安定するまで小遣いを欲しがった。

数年すると、サーザ伯母は大学の話をしなくなった。そして、仕事に就きたいというカトリーナの願いも脇に押しやられた。仕事をしなくても、彼女はそれなりに忙しかったからだ。伯母が老いてきた今、たいがいの家事はカトリーナが引き受けていたし、畑仕事もあれば村のユースクラブもあり、教会に花を生けに行ったり、各種のバザー、祭りなどの年中行事もあった。それにお友達とのつき合いもあるわ、とサーザ伯母はつけ加えた。そして最後に、カトリーナに幸せかと、少し震える声で尋ねた。カトリーナは年老いた顔に寂しさを見つけ、伯母を安心させるために、とても幸せよ、と答えた。

それ以来、カトリーナは仕事に就く話も大学の話もするのをやめた。サーザ伯母はほかのみんながしぶったとき、彼女に家と愛情を与えてくれたのだ。カトリーナはそのことを感謝していたし、何より伯母が好きだったからだ。

グレンヴィル教授は、あまり利用されていない狭い道を通って田園を横切り、ワーウェルの家へ向かっていた。ワーウェルはハンプシャーの片田舎にある村だが、高速道路に近く、ロンドンへの通勤には便利だった。

運転しながら、彼は今日の残りをどう過ごすか考えた。いくつかの病院で審査官をしている関係で、彼は数日間ブリストルへ行っていた。だが明日の朝までは仕事がない。書き物をし、読みかけの本を読み、庭いじりをし、犬たちを散歩に連れていこう。それからミセス・ピーチがいれてくれるおいしいお茶を飲んで……。

彼は、ほんの少しだけだが、ミス・サーザ・ギブズとその姪のことを考えた。カトリーナがひどく辛辣《しんらつ》だったのは残念だ。いくらショックを受けていたからといって、あれほど冷淡になることはないだろうに。彼女の伯母については、医者としての長い経験から、その人となりを判断することができた――皮肉っぽく、人の同情を寄せつけず、威勢のいい態度の下に優しい心を隠し持っている。そんなミス・サーザ・ギブズは嫌いではない。

ワーウェルはのどかな村だ。ほとんどの家が草ぶき屋根で、周囲の田園は平和に満ちている。彼は本通りから狭い横道へ入り、開いている門を抜けて自宅へ向かった。それは黒白の木骨造りの家で、草ぶき屋根が二階の窓をうねるように取り囲んでいる。家はかなり大きく、周囲の庭は木立で守られていた。彼は横手にまわって車をとめると、裏口からキッチンへ入った。家政婦のミセス・ピーチがテーブルでペストリーの生地を伸ばしていた。夫のピーチはテーブルの反対側で銀器を磨いている。

「おかえりなさいませ、だんなさま」ピーチがすぐに立ち上がって穏やかに言った。「昼食のご用意を……」

「いや、いらない。三十分後にミセス・ピーチのおいしいお茶をもらえればいいよ。何事もなかったかい？」

「はい、何事も。バーカーとジョーンズは庭におります。では、三十分後にお茶を」

教授は書斎に入ってかばんをデスクの上に置くと、奥のドアから庭に出た。二匹の犬が彼のもとへ走ってきた。一匹は真っ黒なシェパードで、もう一匹はきつねのような顔でふさふさのしっぽの雑種だ。主人と犬たちは花壇の間の小道を通り、芝生を横切り、庭の門を抜けて野原へ入っていった。教授は何を考えるでもなく、先を駆ける犬たちのあとをぶらぶらとついていった。そして、いつの間にか思いが今朝の出来事に立ち返ることに、なんとなくいら立ちを覚えていた。

やがて彼は家に戻ってお茶を飲み、そのあと犬たちを従えて書斎で一時間ほど過ごした。夕食のあと、また書斎へ戻り、執筆中の医学書のために覚書をしたためた。彼は優れた頭脳の持ち主で、仕事に没頭してはいたが、決して人づき合いは悪くなかった。彼には数年来の親しい友人たち、数多くの知り合い、イギリスじゅうに家族や親類がいた。だが、これまでのところ、妻にしたいと思う女性はいなかった。それについては、なんとも残念なことだとピーチが妻にもらしていた。「うちのだんなさまみたいに立派なお方は、とっくに結婚してお子たちに恵まれていていいはずだろう。そろそろ四十だよ」ピーチはこぼした。「選ぼうと思えば、相手はいくらでもいるのに」

「今にふさわしい人が現れますよ」ミセス・ピーチは答えた。「運命の命ずるままにね」

確かに、運命はその言葉を聞いたに違いなかった。

カトリーナが伯母の健康がかんばしくなさそうなのに気がついたのは、例の事故のあと、一週間ほどしてからだった。実際、今にして思えば、ここ数週間、ずっと具合が悪そうだったのだ。だが、大丈夫かと尋ねても、相変わらずつっけんどんな答えが返ってくるだけ。それでも顔色が悪く、いつもの元気がないのは明らかだった。

カトリーナは伯母の反対を押しきって自転車でドクター・ピーターズの診療所へ行き、往診を頼んだ。医師は夕方やってきて古い友人を診察し、彼女がどれほど抵抗しようがかまわずに採血した。

「それで、私はどこが悪いの？」サーザ伯母は詰問した。

「頑張りすぎだな」ドクター・ピーターズは答えた。カトリーナはその言葉に、医者が本当の意見を隠すときに使う、見せかけの陽気さがあるのを聞き逃さなかった。「この血液は検査に出すよ。一日か二日かかるだろうが、結果が出たら知らせる。そして何か元気になる薬をあげよう。それまでは無理をしないことだ。そうはいかないだろうがね！」

三日後、医師は再びやってきた。

「貧血だね」彼はサーザ伯母に言った。「ちゃんと治療すれば治るものだ。だが、念のために専門医に診てもらったほうがいい」そして、ミス・ギブズが憤慨して断ろうとすると、さらに言った。「いや、サーザ、さっさと解決したいだろう？　それなら専門家の意見を聞こう」

カトリーナは医師を門まで送りに出て尋ねた。「そんなに悪いんですか?」

「とにかく、専門医に診てもらわないと。予約をとっておくから、君も一緒に行ってくれ」

診療所に戻ると、ドクター・ピーターズは受話器を取り、グレンヴィル教授に取り次いでくれるよう頼んだ。

2

サーザ伯母は、数日後、聖オールドリック病院から次の月曜に来院するようにという通知を受け取って驚いた。当然、彼女は不平を言った。「こんなに急に、それもわざわざロンドンの病院まで出向くなんて――時間の無駄です」彼女は断言した。「私は行きませんからね」

伯母のいら立ちが少しおさまるのを待って、カトリーナは穏やかに言った。「でも、せっかくドクター・ピーターズが手配してくださったんだもの、断っては失礼になるわ。予約は十一時でしょう。朝早い列車でウォーミンスターを発《た》てば、たぶん午後のお茶には帰ってこられるわ」

自動車修理工場のボブが二人を駅まで車で送った。車を頼むのは贅沢《ぜいたく》だが、ほかに方法がなかったので、今度ばかりはミス・ギブズも黙認した。その朝は晴れて、五月にしては暖かく、カトリーナは特別の機会用にとってあったジャージーのドレスとそろいのジャケットを着ることができた。確かに、今日は特別の機会だ。ロンドンへ出かけるのだから

――たとえ、その大半が病院の待合室で費やされるとしても。彼女はふとグレンヴィル教授にまた会えるかもしれないと思ったが、すぐにその考えを打ち消した。彼は私のことなんて忘れているわ。忘れていないとしても、もう一度会いたいとはとうてい思っていないだろうし……。

病院の大きな待合室は込み合っていた。二人は予約時間に充分間に合うように着いていたが、看護師に三十分くらい待たなければならないだろうと告げられた。

ミス・ギブズの名前が呼ばれたときは、すでに正午近くになっていた。

「私は一人で行きますからね、カトリーナ」伯母はきっぱりと言った。「つき添いがいるようなら、きっとだれかがあなたを呼びに来るでしょう」

サーザは看護師に促され、背筋をしゃんと伸ばして歩み去った。診察室に通されると、彼女は椅子にかけるように言われ、その間に看護師長が彼女の血圧と体温を計り、何か薬をのんでいるか、のんでいるなら、どんな薬かと尋ねた。

「私はどんな薬も信用しておりません」サーザはぴしゃりと言った。「私は健康ですから、薬など必要ないんです」

師長は当たりさわりのないことをつぶやいてからサーザを奥の部屋へ通し、戸口の正面に置かれたデスクの横に立った。サーザはそのそばまで来て急に立ちどまった。「まあ、あなたでしたか！」彼女は辛辣《しんらつ》に言った。「おわかりいただけると思いますけど、私が診察に来ることにしたのは、古くからの友人のドクター・ピーターズの顔を立てるためですからね」

教授は立ち上がって手を差し出した。「ミス・ギブズ、さぞご面倒なことだったでしょう。どうかおかけになって、どうしたら私がお役に立てるか、おっしゃってください」

サーザはなおもしゃんと背を伸ばして腰を下ろした。「私はあなたに謝らなければなりませんね、教授。助けていただきながら、お礼も申し上げなかったのは私の誤りでした」

「あんな状況では仕方ありません、ミス・ギブズ」彼は丁寧だが距離をおいていた。「それでは、少し質問に答えていただけますか？　すぐにすみますから」

サーザは、穏やかに尋ねる彼に簡潔に答えながら、それをカルテに書きとめる彼を見守った。その姿は頼もしく、とてもハンサムに見え、態度は落ち着き払っている。それでも、サーザは自分に言い聞かせずにはいられなかった――心配することは何もないのよ。

やがて、教授が顔を上げた。「師長と向こうへ行って服をお脱ぎになってください。診察します」

「本当にそんな必要がありますか？」

「ええ、ミス・ギブズ」彼がちらりと見やると、師長はサーザを別の小部屋に連れていき、慣れた手つきで服を脱がせて白い検査着を着せ、診察台に寝かせた。そして教授が現れたとき、師長がサーザの老いた手を安心させるようにぎゅっと握ってくれたので、サーザも不快そうに鼻を鳴らしただけで素直に診察を受けた。

ほどなく服に着替え、飾りけのない帽子をしっかりかぶったサーザは、デスク越しに教授と向かい合った。「それで、私はどこが悪いんでしょう？　悪いところがあるなら……」

「貧血症です、ミス・ギブズ。大丈夫、治りますよ。ドクター・ピーターズにどんな薬がいいか知らせましょう。後日また診察に来てください。そうですね、二週間後ではいかがでしょう？」

「そうしなければならないとおっしゃるなら」サーザは不満そうに言った。「でも、ここまで来るのは遠いんですよ」

教授はさらりと言った。「今日はどなたかとご一緒ですか？　姪御《めいご》さんと？」

「ええ、カトリーナと」サーザは鋭い視線を向けたが、彼は温和にほほ笑んだだけだった。

「彼女に会う時間がないのは残念です。どうか手紙のお礼を言っておいてください」

その手紙はとても堅苦しい文面で、いやいや書かれたことが明らかだったので、彼は苦笑せずにはいられなかった。

教授は腰を上げて握手し、師長につき添われて診察室を出ていくサーザを見送った。そして、戻ってきた師長に言った。「気の毒に。リンパ性白血病だ。かなり前から進行していたんだろう。もちろん、治療はするよ。何年も生きられる可能性がないわけではないからね。幸い、進行は遅い。だが、最終的には……」

「あんなにしっかりしたおばあさんが……」師長は言った。「とてもきれいなお嬢さんがつき添っていましたよ」

「彼女の姪だろう」教授はカトリーナに伯母の病気について話すことを頭の中でメモした。ミス・ギブズがいくら気丈でも、必要になるまで本人に真実を話すつもりはなかった。

カルテを書きながら、彼はいつの間にか考えていた。もしミス・ギブズが亡くなったら、カトリーナはどうするのだろう？　もう一度彼女に会っておけばよかった。看護師に呼びにやらせようかという思いに駆られたが、そんなことをしたら、サーザ伯母に怪しまれるだろう。ここはどうしてもドクター・ピーターズの診療所へ行って、僕から彼女に病状を説明する手はずを整えなければならない。

彼は次の患者を通すように言いつけ、カトリーナのことは忘れた。

だが、その夜、自宅へ向かって車を走らせながら、彼はまた思い出していた。カトリーナには真実を知らせなければならない。それはドクター・ピーターズにまかせてもいいことだが、なぜか彼は自分でしなければならないような気がした。

それから数日間、サーザ伯母とカトリーナの生活はふだんと変わりないものだった。ただドクター・ピーターズが訪れ、薬を処方し、休息をとることと、興奮しないこと、きちんと食事をすることをすすめ、たいしたことはないと請け合い、カトリーナに翌朝、診療所に薬を取りに来るように言いつけて帰っていった。

カトリーナの胸にかすかな不安がわいた。ドクター・ピーターズの大丈夫だという言い方はちょっと力みすぎていた。本当はどこが悪いのか、話してほしいと頼んでみよう。

だが頼むまでもなく、翌朝カトリーナが診療所へ入るやいなや、彼は言った。「希望を捨てることはない。伯母さんの病気はほぼ例外なく進行が遅いんだ。それに彼女は老齢だ」ドクター・ピーターズはカトリーナが理解しているかどうか確認するために彼女の顔を見た。そして彼女がうなずくと、先を続けた。「今すぐ、伯母さんに告知する理由はない。だが万一、彼女が尋ねるときがあれば、グレンヴィル教授に説明してもらえばいいだろう。そういえば、教授が日曜にこっちへ来るんだ。君に話して、これからどうなるかよく理解してもらうのが一番だと考えているようだ」

カトリーナはつっけんどんに言った。「そんな必要あるのかしら？　先生のお話で充分だわ」

ドクター・ピーターズは穏やかに言った。「グレンヴィル教授は血液学の権威だよ。伯母さんを助ける方法があるとすれば、それができるのは彼だろう。だが、彼には協力する者が必要だ。それは君しかいない。彼は、日曜に君の伯母さんをうちに招待してはどうかと言ってるんだ。伯母さんと家内のメアリは古い友達だから、おしゃべりのたねは尽きないだろう。そして彼女が家を離れている間に、教授が君を訪ねるというわけだ」

「昼食を召し上がっていくおつもりかしら？」

ドクター・ピーターズはほほ笑みを押し隠した。「いや、それはないだろう。コーヒーを出せば充分だ。君は彼が嫌いなのかい、カトリーナ？」

「さあ、それは……」

「だが、信頼はしているね？」

「ええ。それに、私、サーザ伯母さまのためならなんでもします」彼女はためらいがちに言った。「あの……伯母はあとどれくらい……」

「私にはわからない。グレンヴィル教授にきいてごらん。私よりちゃんと答えられるはずだ」

ドクター・ピーターズは日曜の十時に伯母を迎えに来ることになった。その朝、カトリーナは早起きして小さな家の中を片づけ、朝食を用意し、伯母の外出の支度を手伝った。彼女自身は庭へ畑仕事に出るので、古いコットンジャージーのブルーのワンピースを着た。グレンヴィル教授が来るからといってドレスアップするつもりはなかった。

伯母が無事に出かけてしまうと、カトリーナはコーヒーポットをレンジに置き、トレイにカップとソーサー、それにビスケットの缶を並べてから、庭の隅にある物置小屋へ行った。そして鍬《くわ》とスコップと大黄を入れるかごを取り出して仕事にかかった。まずは大黄を収穫して……。

玄関をノックしても返事がないので、教授は庭のほうへまわった。そこで目にしたのは、大黄の畑でかがみ込んでいるカトリーナの姿だった。

「おはよう、カトリーナ」彼の静かな声に、カトリーナは腕に大黄のピンクの茎をしっかり抱えたまま、ぱっと体を起こした。

「あら……こんなに早くお見えになるとは思わなくて」

教授はまじめな顔を保った。「君がガーデニングを終えるまでひとまわりドライブしてこようか?」

「ガーデニングだなんて……ただ大黄を抜いていただけです。そのあと、あそこの一角を耕すつもりだったんですけど」カトリーナは大黄の茎で示した。「伯母に耕しておくと言ってしまったので、できていなかったら変だと思うでしょう」

「あとから君と僕とですればいい……」カトリーナの驚いた顔を見て、彼は言った。「僕は庭仕事が好きなんだ」

「あなたが? わかりました」彼女は汚れた手を払った。「とにかく、コーヒーでもどうぞ」

二人は小さな居間でコーヒーを飲んだ。日ざしが、かなり古ぼけた椅子や磨き上げられたセンターテーブル、古風な飾り棚を照らしていた。カトリーナの豊かな髪もきらめいている。教授は心の中で感嘆した。確かに、はっとするほど美しい女性だ。しかも、まったく僕の関心を引こうとするそぶりも見せない。

二人のカップにコーヒーをつぎ足すと、カトリーナは切り出した。「私に話したいことってなんでしょう？　ドクター・ピーターズは、あなたから詳しく説明してもらうほうがいいとおっしゃってましたけど」

「君の伯母さんはリンパ性白血病だ。治療して延命することはできるが、これは不治の病だ。しかし、伯母さんがもう若くないという事実も考え合わせなければならない。この病気は進行が遅いんだ。実のところ、ふつうの寿命に影響を及ぼさないこともある」

「つまり、伯母は……亡くなるまで病気のことを知らずにいられるかもしれないということですか？」

「そのとおりだ。ただし、彼女が何もかも話してほしいと言えば、僕は真実を話さなければならない。そんな事態になってほしくはないけどね。伯母さんは分別のある女性だから、単に貧血だから薬をのめば治るというふうに信じさせたいんだ。僕はむしろ彼女に、きっと医者の言うとおりの治療を受けてくれるだろう――薬をのんで、栄養をとって、休養をとる」彼は唐突につけ加えた。「そうしてくれるかい？」

「ええ、もちろんです」カトリーナは目に涙を浮かべた。「伯母は私の恩人なの。だれもが私を見捨てたとき、引き取ってくれたのが伯母なんです」

涙がひと粒、彼女の頬を伝い落ちた。一瞬、教授の目に、見捨てられた幼い少女の面影が見えた。彼はきれいに洗濯されたハンカチを黙って差し出した。何か言えば、よけいカトリーナに嫌われるような気がした。悪い知らせを持ってきたうえに、彼女の涙まで見てしまったのだから。彼が黙ったまま座っていると、カトリーナは涙をふき、ハンカチは洗って送り返しますとつぶやいた。

「私、泣いたことなんてなかったのに」彼女は力をこめて言った。

「ここへ来たときはいくつだったんだい？」教授は優しく尋ね、カトリーナはその穏やかな声に応《こた》えた。

「十二歳。両親が中東から帰国する途中、飛行機事故で亡くなって。父は橋の建設に携わっていて、母はときどき父と一緒に海外へ行っていたんです」

「兄弟はいないの？　伯母さん以外に家族は？」

「いません。でも、ほかに何人か叔父や叔母たちはいるわ。いとこたちも……」彼女は突然、口をつぐんだ。「こんな話、退屈でしょう。伯母の治療について話していただけません？　それと、私はどうしてあげるのが一番いいのかを」

「もちろんだ」彼は窓の外を見やった。「いい天気だな。これからうちに来て、昼食を一緒にどうだい？　細かいことをゆっくり話せるだろう」

「食事を？」カトリーナは言った。「先生と？」彼女のそっけない驚きように、教授の薄い唇がおかしそうにゆがんだ。「だめだわ。さっきの畑を耕さなきゃいけないから」遅ればせにつけ加える。「せっかくですけれど」

長年の経験から、教授は患者や家族の扱いはだれよりも心得ていた。思いやりをもって、かつ実際的に、同情を巧みに織り交ぜて。

「君が支度をする間に僕が畑を耕すというのはどうだい？　ドレスアップすることはないよ。君と僕の二人だけだから」

まるで私がどう見えようとかまわないと言わんばかりね。カトリーナはむっとしたが、声に出してはこう言った。「その格好で畑を耕すなんてとても……」

教授は仕立てのいいスラックスにオープンシャツ、それにカシミアのセーターを着ていた。大きな足に履いている上等な靴については言うまでもない。

彼はそれには答えず腰を上げた。「十五分あればいいかな？」そう言って、急ぐでもなく庭に出ていく。

「なんて厚かましいのかしら」カトリーナはカップとソーサーを乱暴に重ねながらぶつぶつ言い、さっと振り返った。

「厚かましくなるのも、医者にはときには必要なことなんだよ、カトリーナ。カトリーナと呼んでもかまわないだろう？」彼は穏やかに言った。「君はミス・ギブズという感じじゃない。もっと大きなスコップがないかどうか、ききに戻ったんだけど？」

「物置小屋にあります」

再び彼が行ってしまうと、カトリーナは食器を流しに置いて寝室へ上がった。着替えるつもりはなかった。何を着ようと、彼が気にもとめないのははっきりしているのだから。けれど、古いサンダルをもっとましなものに履き替えはした。それからたてがみのような髪をとかしつけてうなじでまとめ、顔にパウダーをはたき、口紅もつけた。

彼女が子猫のためにキャットフードをスプーンでボウルに入れていると、教授が戻ってきた。彼は口紅ときれいに結った髪に気がついたが、口に出してはただこう言った。「猫の名前は？」

「ベッツィよ」カトリーナは猫のボウルを床に置いて言った。「見に行ってもいいかしら？」

畑は見事に耕してあった。そのうえ、彼は来たときの洗練された装いを少しも乱していない。カトリーナは彼に腹を立てたことも忘れ、心から礼を言った。

二人で玄関を出ると、教授が鍵《かぎ》をかけ、その鍵をドアの桟の上に隠すように置いた。

「伯母さんが戻るのは何時だい？」

「たぶん、午後のお茶のあとすぐでしょう。もし早く帰ってきて、私がいなかったら？」

「そのとき考えればいい」

車に乗りながら、カトリーナは尋ねた。「先生はどこにお住まいなの？　ロンドン？　そこまで往復するのはとても無理……」

「家はワーウェルにある。アンドーバーの南にある村だ。そこからロンドンに通っている。車なら簡単だよ」

それは五十五、六キロの道のりで、彼の大きな車は楽々と二人をのみ込んだ。ときどきたわいない話をするほか、教授は黙っていた。将来を見つめようとしていたカトリーナには、それがありがたかった。

むろん、サーザ伯母が永久に生きられるものではないことはわかっている。だが、そんな考えは縁起でもないと頭から追い払ってきた。伯母はいつも変わらないように思えた。てきぱきとして、現実的で、精力的で、村のすべての行事に干渉する。自分自身の将来についても、カトリーナはあまり考え込まないようにしてきた。二十四歳になった今、大学へ行っていたはずの歳月と、そのあと有意義な職業に就いていたはずの歳月は、いつの間にか過ぎ去ってしまった。ちょうど、彼女と結婚したいと思ってくれそうな男性に出会う機会が過ぎ去っていこうとしているように。

実際、カトリーナは若い男性をほんの数人しか知らなかった。しかも彼らは結婚間近か、すでに結婚しているかのどちらかだ。過去に彼女に興味を示した男性はもちろんいたが、サーザ伯母が彼らを、そのつもりではないにしろ、怖がらせて追い払ってしまった。

次のカーブを曲がればワーウェルだという教授の声で、カトリーナは我に返って周囲を見まわした。

とたんに、彼女はそこが大好きになった。あたりに人影はなく、村は日曜日の静けさにまどろんでいる。教会を囲むようにかわいらしい家が立ち並んでいる景色はまるでチョコレートの箱の絵のようだ。

教授が自宅の玄関の外に車をとめると、カトリーナは降りてあたりを見まわした。

「ここに住んでらっしゃるの？」そう尋ねたとたん、彼女は自分の愚かな質問に顔を赤らめた。「すてきなお住まいね。先生はもちろん結婚して、お子さんもいらっしゃるんでしょう？」

彼はすぐには返事をせず、じっとカトリーナを見下ろした。すると、いったん赤みが引きかけていた彼女の頬がまた赤くなった。

「僕は結婚していないし、子供もいない。むろん、将来いつ結婚して子供ができるとも限らないが」

「ごめんなさい、変なことをきいて。私には関係のないことだったわ」

「確かに。僕一人ではこの家がもったいないと思うのかい？」

「いえ、そんな。すばらしいお宅だわ。それに、この庭……」

「ああ、僕は庭が好きなんだ。この家は代々僕の一族のものでね」

玄関のドアを開けたのはピーチだった。彼は主人に向かっておごそかに、おかえりなさいませ、と言い、カトリーナに紹介されて、彼女が手を差し出すと、その手を握った。

「犬たちは庭に出ています、だんなさま」すると、確かにそれとわかる吠《ほ》え声がした。「コーヒーを召し上がりますか？」

「いや、いいよ、飲んできたところなんだ。三十分くらいしたら昼食にしてもらえるかな？　二時間くらいでまた出かけなければならないんだ」

「家内に伝えておきます。お嬢さまはお顔を直したいですかな？」

教授はカトリーナを見やった。「僕には充分きれいに見えるが」

カトリーナは冷ややかに答えた。「ありがとう。でも、今は結構です」

「よし。じゃ、僕たちは庭にいるよ、ピーチ」

教授はカトリーナを連れて廊下を歩き、その奥にあるドアから庭に出て、バーカーとジョーンズに出迎えられた。カトリーナはバーカーに手を伸ばした。「きれいな犬ね」すべすべしたバーカーの頭をかいてやってから、かがんでジョーンズにも同じことをしてやる。

教授は庭の小道を歩き、池を見晴らすあずまやへ案内した。その池は、庭のはずれにある林から流れ出ている小川によってできていた。カトリーナは腰を下ろして周囲を眺めた。そこは様式にとらわれない庭で、ただコテージの庭を大きくしたような感じだった。真夏には花々が咲き乱れることだろう。庭の一方の端は下り坂になっていて、草でふいた高い壁に囲まれたキッチンガーデンに続いていた。反対の端には花壇に縁取られた広い緑の道がある。彼女は満足げなため息をもらした。

「伯母を助けるにはどうしたらいいのか、話していただけます？　これから伯母がどんな治療を受けることになるのかも」

「そのつもりだよ。どんな悪いニュースも適切な環境の中で聞けば、それほど悪くは思えないものだ。さあ、座って、最後まで黙って聞いて……」彼は気休めを言わなかった。だが、不吉な予言ばかりでもなかった。「毎日をあるがままに受け入れなければならないよ。伯母さんはほとんど気がつかないほどゆっくり衰えていくかもしれない。あるいは逆に、なんの前触れもなく突然亡くなるかもしれない。君がそのことを受け入れられるなら、楽になるだろう。伯母さんがしたがることをとめてはいけない。彼女は病人扱いされるのをいやがる人だと思うから。だが、彼女に気づかれないように、できるだけ活動を減らしてやるようにしなさい。ドクター・ピーターズが彼女の容体を常にチェックして、君にその都度教えてくれる。それから、食事のことだが……」

カトリーナは注意深く耳を傾けた。結局のところ、私はこの教授が嫌いじゃないわ、という思いが彼女の胸をよぎった。好きというのでもないけれど、それは私が彼のことを何一つ知らないからよ。それに、彼に感謝しているのは事実だし……。

教授はちらっと腕時計を見ると、口笛を吹いて犬たちを呼び寄せ、家へ戻った。食事の間、彼はサーザ伯母の話にはもう触れず、カトリーナの暮らしぶりについていろいろ質問した。そんな中で唐突に彼は尋ねた。「君はいくつだい、カトリーナ？」

「二十四ですけど。女性に年齢をきくのは失礼だってこと、ご存じないの？」

「すまない。あいにく、患者には必ず尋ねなければならなくて――悪い習慣になってしまったらしい」

「いいんです、私はかまいませんから。先生はおいくつなの？」

彼は笑った。笑うと十歳くらい若く見える。「三十九だ。中年だよ」

「そんな、今どき中年なんて言い方はしないわ。そうすると先生が十五歳のとき、私が生まれて……」

「子供時代は幸せだったかい、カトリーナ、十二歳になるまでは？」

彼女はうなずいた。「ええ」彼の子供時代も幸せだったかとききたかったが、口には出さなかった。必要以上に親しくなってはいけないと思ったからだ。

ほどなく、彼は言った。「そろそろ帰る時間だ」

カトリーナもすぐに席を立ち、おいしい食事をごちそうになった礼を言った。

教授はコテージの前に車をとめて降り、助手席にまわってドアを開けた。小さなコテージは午後の日ざしを浴びてうっとりとまどろんでいるようだ。ベッツィが玄関の前で二人を待っていた。教授が桟の上から鍵を取り出してドアを開け、みんな中へ入った。

カトリーナはほっと息をもらした。「サーザ伯母さまが帰っていたら、大変だったわ。私、なんて言い繕っていたかしら？」

「君が本当のことを言ってしまう前に、僕が何か適当な言い訳を思いついていただろうね。さて、お茶にしようか？」

「時間があるかしら？」そう言いながらも、カトリーナはやかんを火にかけた。一人になったら、もの思いに浸ってしまうだろう。それはいやだ。

ほどなく、二人はお茶を飲んだ。あまり言葉を交わさず、サーザの話にも触れなかった。教授はお茶を飲み終えると、車に乗って帰っていった。

カトリーナは夕食の支度をしながら、教授に言われたことをすべて思い返した。一つでも忘れるわけにはいかなかった。

サーザは意気揚々と帰宅した。ドクター・ピーターズはしばらく居残って、その日のことをあれこれ話した。「今日みたいな機会をもっと作らなくちゃいけないね」彼は言った。

「あなたとメアリは話が合う。あなたが教会のバザーを手伝うと言ってくれて、メアリは本当にうれしそうだった」彼はカトリーナを見やった。「君も手伝うんだろう、カトリーナ？」

「今年は私、裏方なんです。サンドイッチを切ったり、お茶を出したり」

夕食のとき、サーザの頭は計画でいっぱいだった。「夏は楽しいわね、いろいろな催しがあるから――お祭りにバザーにテニスのトーナメント。それに教会の日曜学校では学期の終わりにお芝居を上演するそうよ。私たちも忙しくなるわね。そういえば、畑は耕したの？」

「ええ、とりあえず。ほかの作物もみんなよく育ってるわ。少し雨が降ってくれるといいんだけど」

本当は伯母を抱き締めて泣きたいときに、なんでもない話をするのがこんなに難しいなんて――カトリーナは思いもよらなかった。

毎日は、サーザが退職したときに決めた日課どおりに過ぎていった。伯母にはその日課を変えるつもりなど毛頭なく、カトリーナは、よりいっそう意欲的になった伯母の活動をチェックするのだけで精いっぱいだった。

だが、サーザは快方へ向かっていなかった。カトリーナには、伯母がいっそう血色が悪くなり、いっそう疲れやすくなっているのがわかった。伯母自身は決してそれを認めなかったけれど。そしてドクター・ピーターズは、新たに行った血液検査でも改善の兆しは見られなかった、と言った。

「でも、悪くなってはいないんでしょう？」

「よくなってもいないと言っておこう」ドクター・ピーターズは慎重に答えた。そんな返事は、カトリーナの耳には返事になっていないように聞こえた。

サーザとカトリーナはまた聖オールドリック病院へ行くことになっていた。教授の秘書から、来院するようにという通知が来たからだ。

「あなたも一緒に来てね」サーザは言った。「診察があまり長くかからなかったら、帰りにお店をのぞいてきましょう。新しいふきんがいるの。ジョン・ルイス百貨店で間に合うでしょう」

二人が出かけるときには、すでに気温が上がっていた。病院に着くころには、サーザは疲れて機嫌が悪くなっていた。

「ばかげているわ」伯母はカトリーナに言った。「グレンヴィル教授が再診する必要なんてないのよ。私はまったく元気なんですから。この疲れを除けばね。それも私の年齢では当たり前ですよ」

「伯母さまはまだ七十代でしょう」カトリーナは言った。「きっとこれが最後よ。治療が計画どおり進んでいるかどうか、確認するだけなのよ」

私も教授に会えるかしら？　カトリーナは静かに座ったまま、思いをめぐらした。いいえ、それはありそうにないわ。彼の診察を待つ患者は大勢いるし、サーザ伯母さまはその一人でしかないんだもの。本当に有名な先生なのね。仕事以外の時間はどう過ごしているのかしら？　いつ結婚するとも限らないと言っていたけれど、そういう女性がいて、デートをしているのかしら……。

看護師に名前を呼ばれ、ドアの並んだ廊下を歩いていく伯母の姿をカトリーナは見守った。グレンヴィル教授の診察室は一番手前にある。腕時計を見て、三十分以上も待たされていたことに気づいた。伯母の診察は十五分くらいだろう。買い物をするなら、帰りの列車を遅らせなければならない。

サーザは二十分くらいして戻ってきた。背筋をぴんと伸ばし、いら立った顔をした伯母は、あわてて追いつこうとするカトリーナを尻目に、どんどん出口へ向かった。

病院を出て、にぎやかな通りの歩道に立つと、カトリーナは言った。「先生はなんておっしゃったの、伯母さま？　何か気にさわるようなこと？」

カトリーナは胸がどきどきして、気分が悪くなった。まさか伯母さまったら、先生に正直に答えてほしいと真っ向から迫ったんじゃないでしょうね？

「三週間したらまた来なさいとおっしゃったのよ。貧血の治療効果が上がっていないらしくてね。そういうケースもあるから、忍耐強くならなければいけないって。先生が考えていたより少し長くかかるかもしれないそうよ。ドクター・ピーターズからまた薬をもらうことになったわ」いきなり、サーザ伯母はにっこりした。「この前ここへ来たとき、先生と庭の話をしたのよ。そうしたら先生は、うちの窓の下に小さなモスローズの株があるのに気がついたけれど、あまりよく育っていないようだって。日曜日にうちのほうへ来るから、私にばらの株をもらってくれないかとおっしゃるのよ。先生のお宅の庭にたくさんあって、少し間引きしないといけないからって。コーヒーを飲んでいかれるんじゃないかしら」

「それはご親切ね」なぜ教授がそんなことをしてくれるのかしら？　カトリーナは不思議に思いながらも、とにかく、アーモンドクッキーを焼いておこうと考えた。彼女のアーモンドクッキーは村のバザーでも評判がいい。伯母の詳しい容体についても、そのときに尋ねるチャンスがあるかもしれない。きっと何か治療法があるはずだわ。輸血とか……。

「ともかく、陰気な顔はおやめなさい」サーザが、またいつものきびきびした調子を取り戻して言った。「先生はなかなかいい方よ。さあ、オックスフォード通りへ行くバスに乗りましょう」

3

日曜日の朝、カトリーナは早起きしてアーモンドクッキーを焼き、トレイに一番上等のカップと銀のスプーンを並べた。

グレンヴィル教授は十時ちょっと過ぎにやってきた。彼が庭の小道を歩いてくると、サーザは玄関に迎えに出た。

「おはようございます、教授。いいお天気ですこと。ばらを届けてくださるために、わざわざまわり道をなさったんじゃないでしょうね？　ちょっとコーヒーを召し上がっていきませんか？」

「ありがとう、そうしましょう。今朝はお元気そうですね」

「ええ、とても気分がいいんです。やっと薬がきいてきたんでしょう。おかげさまで、いろいろ忙しくしております」

二人は庭のベンチに行って座った。「無理はなさっていないでしょうね？」

「いえ、そんな――ただ、村のいくつかの委員会で委員をしているものですから……」

村の生活に関する、彼女のかなり独裁的な意見を聞いてくれる相手を見つけて、サーザはうれしそうに話し続けた。やがてカトリーナがコーヒーのトレイを運んできた。

「おはよう」教授はすっと立ち上がって、トレイを置くテーブルを取ってくると、また腰を下ろした。とてもくつろいだ様子だ。彼はコーヒーを飲み、クッキーを大半食べてしまうと、スコップを貸してもらえるかと尋ねた。「ばらは車のトランクの中です。取ってきて僕が植えましょう」彼はサーザに言った。「場所はどこがいいですか?」

彼らは相談して、日当たりのいい家の側面に決めた。南向きで冷たい風が当たらない場所だ。

「スコップを取ってくるわ」カトリーナはそう言って物置小屋へ行き、教授が来るのを待って尋ねた。「私が聞いておくことはありますか?」

「ああ。いい話じゃないが、君には話しておかないと。この前の血液検査で、僕の診断が確認された。伯母さんは急激に衰えるだろう。いつ、ぱったり亡くならないとも限らない」

カトリーナは逆さまに置いてあった箱の上に座り込んだ。「そうですか」顔色を失ったが、声は少し震えただけだった。「前もって話してくださってありがとうございます。確かなんですね?　回復の見込みは全然ないんですか?」

「ない。気の毒だが、望みがあるふりはしないよ。今、言うのはまずかったかもしれないが、ここに電話はないし、いずれにしても電話で話すようなことではない。何か僕で助けになれることはある?」

「いいえ。でも先生には本当に親切にしていただいて、ありがとうございました。私、今はもう……サーザ伯母さまが眠っているうちに安らかに亡くなってくれるのを祈るだけです」彼女は箱から腰を上げた。「ばらを植えないと……伯母はとても喜んでいるから」

「そうだね」彼は探るようにカトリーナを見た。「大丈夫かい? 泣かないね?」

「泣くのはあとからできるわ」彼女はまじめに答えた。

二人はばらを植えた。サーザがそれをしっかり監督して指示したが、数分おきに気を変えるので大変だった。それでもついに植え終わると、伯母はその出来栄えを心からほめた。

「もう花をつけている株をくださるなんて、本当にありがたいわ」彼女はいつものきびきびした口調をいくらか取り戻して続けた。「もちろん、今は植え替えにふさわしい時期ではありませんけどね。植え替えなら秋にすべき……」

「まあ様子を見てみましょう」教授は陽気に言った。「根づかなかったら、秋にまた差し上げますよ」彼はもう失礼しなければならないと言ってスコップを小屋へ戻しに行った。

サーザはいつになく温かみのある口調で彼に礼を言った。「先生はこれからお友達と過ごされるんですか?」

「ええ、そうです。たとえ数時間でもロンドンから離れられるのはいいことです。僕は田舎に住んでいますが、昼間はロンドンにいますからね。ご存じのように、聖オールドリック病院は市内でも決して環境のいい場所にあるわけではないですし」

彼は、三週間したらまた診察に来るようにとサーザに念を押して、急ぐでもなく帰っていった。カトリーナは彼の穏やかな声を聞きながら、どうしてこんなにうまく真実を隠しておけるのかしらと思った。

教授の車が走り去ったあと、サーザはしばらく彼のことについて話した。

「あの先生にはきっと恋人か婚約者がいるわね。もう若いというわけではなし、妻子がいて当然ですよ。今度会ったらきいてみましょう」

カトリーナは慎重に言った。「そうね、じきに結婚するようなことをおっしゃっていたから、きっと婚約しているんでしょう」

「あなたにぴったりだったのにね」サーザは言った。

「伯母さまったら――先生は私を好きでもないのよ。会えば話くらいはするけれど、私に少しも興味なんてないんだから」

カトリーナはコーヒーカップをトレイに集め、昼食の支度をしに行った。少なくとも、彼は私のアーモンドクッキーは好きだったみたいだけれど。

翌朝、ミセス・ピーターズがサーザを車で迎えに来た。残ったカトリーナは伯母が昼に帰ってくるまで、洗濯をして外に干す時間ができた。

サーザは、とても楽しい朝だったと言いながら帰ってきた。伯母が数年来、議長を務める委員会の会合を取り仕切ってきたのだ。だが、昼食は食べずに、お茶の時間までやすむと自分から言って二階へ上がっていった。

カトリーナは、翌日ウォーミンスターへ買いに行く品物を書き出しながら、伯母を一人でおいていっていいものだろうかと考えた。だが、食料品は必要だし、銀行で伯母の年金も受け取らなければならない。国から出ている恩給は村にあるミセス・ダイアーの雑貨店兼郵便局で受け取れるけれど。

どうしたら倹約できるか、カトリーナは計算してみた。三週間後にはまた聖オールドリック病院へ行かなければならず、交通費もばかにならない。教授なら、伯母をウォーミンスター病院の医者に診てもらえるように手配できるはずだけれど、たぶん彼は、私たちにあまりお金がないことに気づいていないのだろう。サーザ伯母さまはいつだって体面を繕う人だから。たとえ見えないところで倹約しても。

買い物に出かけることについては心配する必要はなくなった。ドクター・ピーターズのよき友で、年配の牧師が翌朝立ち寄り、コーヒーを飲みながら伯母とおしゃべりしている間に、買い物にでもなんでも行っておいでと言ってくれたからだ。

「バザーの件で決めなくてはならないことがまだまだたくさんあるんだよ」牧師は言った。

カトリーナは感謝して出かけることにし、自転車でウォーミンスターへ行って、食料品をたくさん積んで帰ってきた。それでもまだ、ミセス・ダイアーの店へ行って恩給を受け取る時間がある。ミセス・ダイアーは、村のニュースや噂《うわさ》の収集と伝達を一手に引き受けている話し好きな女性だ。

「ミス・ギブズの調子はどう？」さっそくミセス・ダイアーはきいた。「このところあまり元気がなさそうだけど。肉屋のミスター・タップもそう言ってたわ。医者に診せたんでしょう？」

カトリーナは切手を頼み、お釣りを数えた。「ええ、ドクター・ピーターズにちゃんと診てもらったわ。この暑さがこたえているのよ。でも、委員会の仕事は楽しんでやっているわ」

「それはよかった。なんといっても彼女は、昔から村の行事に欠かせない人だったものね。ちょっと待ってて……」人のいい店主は店の奥に消えると、茶色の紙袋を持って戻ってきた。「うちのめんどりが大盤振る舞いしてるのよ。伯母さんはお茶のときに卵のサンドイッチが欲しいんじゃないの。新鮮な卵ほど体にいいものはないからね」

「ミセス・ダイアー、ありがとう。伯母がきっと喜ぶわ」

ミセス・ダイアーは陽気にうなずいたが、カトリーナがなぜひどく悲しそうな顔をしているのかわからなかった。

二日後、サーザは亡くなった。そのとき伯母とカトリーナは庭のベンチに座り、モスローズを眺めていた。心地よい暖かな午後で、二人はあまり話をせず、ただ一緒にいることに満足して座っていた。

伯母が口を開いたので、カトリーナは顔を上げた。「あなたはいい娘でしたよ、カトリーナ。自分の本当の娘でもあなたほど尽くしてはくれなかったでしょう」伯母はちょっとほほ笑み、静かに吐息をつき、そして亡くなった。

数秒間、カトリーナは信じられない思いだった。教授が警告してくれてはいたが、心の奥ではまさかそこまではと思っていた。伯母の容体がこの数日間はずっとよくなっているように思えたからだ。信じられない思いが通り過ぎると、深い感謝の念がわいてきた。カトリーナの願いどおり、サーザ伯母は安らかに逝《い》ったのだから――伯母の愛した庭で。

カトリーナは気を取り直して伯母にキスすると、祈りの言葉をささやき、それから自分の声とも思われない声で言った。「伯母さま、電話をしてくる間、待っていてね。でも、寂しくはないわね。モスローズが一緒にいてくれるから」

彼女は自転車に乗って近くの農場へ行き、ドクター・ピーターズと牧師に電話してから伯母のところへ戻った。サーザはまるで眠っているようだった。そのとき初めて、カトリーナは泣きだした。

ドクター・ピーターズが来ると、彼女は涙をふいた。続いて牧師がやってきて、三人はサーザを二階の寝室へ運んだ。ほどなく、村の看護師のミセス・トリップもやってきた。

それからあとのことは現実の出来事とは思えなかったが、だれもが親切だったのは覚えている。ミセス・ピーターズはそばに座り、カトリーナが最初のショックと悲しみを語るのを黙って聞いてくれた。

「今夜はうちへ来てお泊まりなさい」ミセス・ピーターズは優しく言った。

「私は大丈夫です」カトリーナはきっぱりと言った。「ここにいるほうが……」

ミセス・ピーターズはその気持ちをわかってくれた。そして夕食がすむまでそばにいて帰っていった。不思議にも、カトリーナはぐっすり眠った。最後に思ったのは、教授がいなくて残念だったということだった。ばかね、と彼女は眠りに落ちながらつぶやいた。彼がいたとしても何ができたの？　何もできなかったわ——そして、何もかもできた。なぜなら、彼はきっと私にサーザ伯母が天寿をまっとうしたのを喜びなさいと言ってくれたはずだから。そして思う存分、私に泣かせてくれ、しっかりするんだよと言いながらハンカチを貸してくれただろう。カトリーナはちょっとほほ笑み、くすんとはなをすすり上げて眠りについた。

村の人々は驚き、同情して、集まってきた。それでもカトリーナはすることがたくさんあったので、しばらくの間は悲しみを忘れていなければならなかった。サーザ伯母にはまだ存命の兄弟姉妹がいた——カトリーナを引き取るのを断り、学費も援助せず、実際のところ彼女を無視してきた、あの兄弟姉妹たちだ。カトリーナはもう何年も彼らに会っていなかった。彼らはクリスマスとサーザの誕生日には儀礼的にカードを送ってきたが、訪ねてくることは決してなかったからだ。それでも、彼らにサーザが亡くなったことを知らせ、葬式によばないわけにはいかなかった。

カトリーナは、彼らが来るとは思っていなかった。今さら来て、何になるの？　サーザ伯母さまが生きている間、知らんぷりだったのに。だが、彼らはやってきた。ＢＭＷやメルセデスを乗りつけて。二人の叔母たちはカトリーナの頬におざなりのキスをし、叔父たちは握手して悔やみの言葉をつぶやいた。いとこたちは五人いたが、カトリーナを上から下までじろじろ眺めるだけで、ほとんど口をきかなかった。

それでもカトリーナは彼らに礼儀正しく接した。無作法を嫌ったサーザ伯母なら、そうすることを喜んだだろうと思ったからだ。教会での葬儀が終わると、親戚《しんせき》たちはカトリーナとともにローズ・コテージに戻ってきた。

「なんといっても、サーザは私たちの姉ですからね」年かさのほうの叔母が言った。「私たちみんなに何かしら形見を遺《のこ》してくれたはずよ。弁護士が遺言状を読み上げるんでしょう？」

弁護士のミスター・スラッシュは高齢で、サーザ伯母とは昔なじみだ。彼はカトリーナのことは好きだったが、彼女の親戚がいきなり現れたのには眉をひそめた。彼らがカトリーナを拒んだいきさつを知っていたので、今さら現れた理由がわからなかったのだ。それはカトリーナも同じだったが、とりあえず彼女はお茶とサンドイッチを出し、みんなに足りればいいけれどと思った。

ピーターズ夫妻と牧師夫妻も一緒に戻ってきていたが、カトリーナの親戚たちが遺言状が読み上げられるまで居残るつもりだとわかると、三十分ほどで引き揚げていった。帰りがけにミセス・ピーターズが、夕方また来るからとこっそり耳打ちしたので、カトリーナはほほ笑んでうなずいた。うんざりする親戚たちには早く帰ってもらいたかった。

遺言状は簡潔だった。すべてをカトリーナに遺す——持ち家と銀行預金の全額を。

「サーザったら、ほかの甥《おい》や姪《めい》たちにも何か遺してもよさそうなものなのに」叔母たちは怒り、冷たいまなざしでミスター・スラッシュを椅子に釘《くぎ》づけにした。「姉の遺産はどれくらいなんです?」

「今はお答えできません」弁護士はいら立たしげに言った。「いずれにしても、あなた方は相続人ではないのですから、関係ないでしょう」

弁護士が旧式の車で帰ってしまうと、叔母たちはカトリーナに詰め寄った。「運のいい娘《こ》ね。これから自分一人で人生を楽しむんでしょう。きっとサーザはたんまりため込んでいるわよ。昔からしみったれだったから……」

あまりの言葉に、カトリーナがかろうじて保っていた礼儀はどこかへ飛んでいった。

「サーザ伯母さまの悪口をひと言でも言えるものなら言ってごらんなさい。伯母さまは私には母のように大切な人だったのよ。大好きだったわ。伯母さまは一度だってしみったれたことをしていないし、しみったれたことも言ってないわ。それなのに、あなたたちは一度でも伯母さまのために何かしてあげたことがある？　ああ、もう帰ってください！　あなたたちの顔なんかもう二度と見たくないわ」

　カトリーナは激怒すると、ますます美しく見えた。招かれざる客に立ち向かう姿は、さながらギリシア神話の輝けるアマゾンだ。

　いっとき沈黙があり、それから年かさの叔母が言った。「結構。歓迎されていないのはよくわかりましたよ、カトリーナ」彼女は立ち上がり、ほかのみんなを引き連れてコテージを出ていった。

　カトリーナはドアを閉めると、わっと泣きだした。なんとか彼らを退散させたとたん、サーザ伯母が恋しくてたまらなくなった。いつものきびきびした調子で、泣くのはおやめなさいと言ってほしかった。

　カトリーナは涙がかれるまで泣いた。それからカップやソーサーや皿を集めて洗った。ベッツィに餌《えさ》をやり、顔を洗って髪を直すと、モスローズのそばへ行って座った。夕方になってドクター・ピーターズがやってきたときも、彼女はそこにいた。

「うちに来て夕食にしよう」彼はカトリーナに言った。「いいんだよ、泊まりたくないのはわかっている。帰りたくなったとき、また送ってくるからね。だが、葬儀の話をするのもいいじゃないか。村からあんなに参列者が来るとはね。伯母さんはさぞ喜んだことだろう」

そこでカトリーナは、親切な医師夫妻と夕食をともにした。そのあと、牧師夫妻も加わって話をした。不思議なことに、葬儀や大勢の参列者について話すのは、とても気持ちが休まるものだった。

ほどなく、ドクター・ピーターズに送られてカトリーナはコテージへ帰ってきた。ベッツィに迎えられ、小さな家も、まるでまだ伯母がそこにいるように温かく彼女を迎えてくれた。悲しみと寂しさで疲れ果て、カトリーナはベッドへ向かった。そんな彼女を思いやるように猫もついてきた。

それから数日たつと、胸を突き刺すような悲しみも少し和らいできた。生活を立て直す必要があったからだ。コテージは彼女のものだ。愛する家があり、愛する村からも出ていかなくていい。カトリーナはミスター・スラッシュがくれた手紙を読んだ。伯母の銀行へ行くようにと書いてあった。必要なときには彼がいつでも力になるとも。

カトリーナは自転車でウォーミンスターへ行って銀行の支店長に会い、かなり落ち込んだ気持ちで帰宅した。サーザ伯母の預金は数百ポンドだった。

「あなたが二カ月ほど暮らすには充分でしょう」支店長は言った。「しかし、仕事に就くことをおすすめしますね。もちろん、コテージをお売りになることもできますが……」

「絶対に売りません」カトリーナの口調は激しかった。「何か仕事を探して……」

彼女はこの一件をだれにも言わなかった。そして、ミセス・ピーターズから経済状態は大丈夫かと遠まわしに尋ねられたときは、ええ、大丈夫です、と明るく答えた。同じ質問を村の数人の友人からされたときも、カトリーナは大丈夫だと請け合った。

彼女の勇敢な心が落ち込むのは夜になってからだった。夕食をすませたあと、ペンと紙を持ち出して家計をやりくり算段するときだ。そんなおり、何度となく心に浮かぶのは、どうして教授はお悔やみのカードも送ってくれないのだろうという思いだった。

最初は教授が会いに来てくれることを願いさえした。だが、彼からはなんの音沙汰《さた》もなく、姿も見せなかった。伯母は彼の患者の一人だった。そして、亡くなった。彼は職業柄、そういう経験を何度もしているに違いない、とカトリーナは思った。ただ私が勝手に思い込んでいただけなんだわ――彼は伯母さまを気に入っている、そして私にも少しは好意を持ち始めている、と。

「見当違いもいいところね」彼女はベッツィに言った。そして、またペンを取って出費を削る計算を始めた。

グレンヴィル教授は、ヨーロッパでの二週間の講演旅行を終えて帰宅する途中だったが、その前に聖オールドリック病院へ寄っていこうと決めた。彼はまず研究室に寄って助手と話をし、それから外来へ行って、明日の午後から患者を診ると伝え、ちょうど手のあいていた師長と一緒にコーヒーを飲んだ。

「とくに変わりはありませんでした」師長はそう報告したあと、つけ加えた。「あのおばあさんはお気の毒でしたわ――ミス・ギブズですけど、先生、覚えていらっしゃいます？　一週間前、突然亡くなったんです。ドクター・ピーターズから電話があったんですが、先生はお留守でしたから、お帰りになったら伝えてほしいとのことでした」

　教授はおもむろに言った。「それは気の毒に。いつかはそうなるとわかっていたが、なんとか病状の進行を遅らせられればいいと願っていたんだ」

　彼は病院を出て自分のクリニックへ行き、忠実な中年の女性秘書に笑顔で出迎えられた。

「講演旅行はいかがでした？」

「ああ、うまくいったよ、ミス・ベスト」彼は秘書にほほ笑みかけた。「ところで、明日の予定は？　聖オールドリック病院には午後から診察に行けばいいんだが、午前中こっちに来る患者はいるかい？」

「ええ、九時半から正午まで。それから夕方、新患が二人見えます。六時半と七時半に」ミセス・ベストは予約表をのぞき込んだ。「よろしければ、今日の夕方、二人診ていただいてもいいんですが……」

「いやいや、明日の朝からにするよ」彼はかばんを開けて箱を取り出し、秘書に渡した。

「いつもよく留守を守ってくれるね。これは感謝のしるしだ」

彼女がお礼を言うか言わないかのうちに教授はクリニックを出た。時刻はまだ午前十一時になったばかりで、道路はすいていた。彼は車をワーウェルへ走らせ、ピーチ夫婦に出迎えられた。

「昼食はたっぷりご用意しましょう、だんなさま」ピーチが言った。

教授は階段を半ば上がっていた。「これから急いで人に会いに行かなければならないんだ。ミセス・ピーチのごちそうは夕食のときにしてもらえるかな。それから、僕が持っていけるような弁当が用意できるかい？　二人分だ」

ピーチはびくともしなかった。「承知しました、だんなさま。お急ぎなんですね？」

「そうだ。これからシャワーを浴びて着替えをするから、二十分で用意できるかな？　バーカーとジョーンズも連れていく。あいつたちは庭かい？」

三十分もしないうちに彼は階下へ下りてきて、犬たちに声をかけたあと、ミセス・ピーチがいるキッチンへ行った。

「もしかするとミス・カトリーナ・ギブズを連れて帰るかもしれない」彼は言った。「彼女の伯母さんが急死したので、これから様子を見に行ってくる。彼女はうちで食事をしたがるかもしれない」

「お気の毒に。うちの人は彼女をとても気に入っていたんですよ、きれいなお嬢さんだって」ミセス・ピーチはコーヒーのマグをテーブルに置いた。「お出かけになる前にそれをお飲みになってくださいな、だんなさま。ちゃんとした朝食も召し上がっていらっしゃらないでしょう」

カトリーナは早起きしていた。遅く寝て早起きし、一日じゅう庭仕事やコテージの掃除や、必要のない食器棚の整理や銀器磨きにまで精を出せば、疲れて考え事をする気力もなくなるとわかったからだ。そのうちまたもとの自分に戻れるだろうが、今のところは、この一週間の出来事を思い出したくなかった。

友人たちは相変わらず彼女を訪ね、彼らに食事によばれれば、カトリーナは喜んで出かけていき、いつもどおりしとやかに、しかも明るく振る舞った。しっかりした彼女のことだから、きっと伯母の死を乗り越えつつあるのだろうと友人たちは言い合った。

カトリーナはキッチンのテーブルに向かい、またもや計算をしていた。昨日、自転車でウォーミンスターへ職探しに行ったのだが、職業斡旋《あっせん》所の女性職員に、なんの資格も技術もないなら、仕事が見つかる可能性はほとんどないだろうと言われたのだ。

「家政婦ならどうかって?」その女性職員は容赦なく言った。「だってあなたは住み込みができないんでしょう?　スーパーマーケットで商品を棚に並べる人を探しているけど、そこへ行ってみれば……」

カトリーナは行ってみた。店長はそっけなく、勤務時間は朝七時から十時までと、夜の九時から十時半までの二回だと言った。「だけど、この町に住んでないなら、雇うわけにはいかないよ」

「私はその勤務時間で問題ありませんけど」カトリーナは言った。

店長は彼女に冷たい目をくれた。「雨の日はどうするつもりなんだ？　自転車がパンクしたときは？　寝坊はしないのか？　あまりに当てにならないね」彼はそっぽを向いた。

「悪いね」

そんなわけで、カトリーナはまた計算しているのだった。なんとも気落ちのする作業だったので、彼女はテーブルに突っ伏して泣いた。かまわないわ、ベッツィしか見ていないんだから。

教授は庭の小道をやってくると、玄関ドアが開いていたので中に入った。居間を横切り、キッチンの戸口に立って、テーブルに突っ伏しているカトリーナを見ていた。

「カトリーナ？」そっと声をかけると、彼女はぱっと顔を上げ、急いで座り直した。

その顔は涙で汚れていたが、彼女はかまわずにはなをかみ、涙をふいて、まったく別人のような声で彼に挨拶《あいさつ》した。「こんにちは」

「お茶を飲もうか？」教授はカトリーナの涙に気づかなかったようにキッチンに入ってくると、背を向けてやかんを火にかけ、顔を直す時間を与えてから、彼女の向かい側に行って座った。「病院で今朝、聞いたところだ。残念だったね」

「どこかへ行ってらしたんですか？　知らなかったの？　今朝、戻ってこられたの？」

「そうだ」

「じゃ、ずいぶん朝早く出発なさったのね」カトリーナがにっこりすると、悲しみの中にあっても彼女の心はくじけていないことが教授に見て取れた。「先生は来てくださったんだわ」彼女はしゃんと背を伸ばした。「伯母はきっと感謝したでしょう。私も感謝します。さぞお疲れでしょうに……それに、おなかもすいていらっしゃるわね」

彼は立っていってお茶をいれ、マグとミルクと砂糖をテーブルに並べて、さりげなく言った。「途中で家に寄って、ミセス・ピーチに弁当を作ってもらったんだ。食べながら、君の話を聞こう」彼はカトリーナの顔をじっと見つめた。「話すことは立ち直りの第一歩だ」

カトリーナはお茶をついでうなずいた。「ええ、きっとそうね。先生はどこに行ってらしたの？」

彼は語った。ゆったりした心地よい話しぶりは心を落ち着かせてくれ、しばらくの間、カトリーナは将来の不安も忘れた。

講演旅行の話を終えると彼は弁当を取りに行き、まず慎重にベッツィを食器戸棚のてっぺんにのせてから、犬たちを解放した。カトリーナはテーブルを整え、料理の包みを開けた。教授はワインの栓を抜き、犬たちのために水の入ったボウルを庭に置いてから、チキンを切り始めた。

何もかもごくふつうで、毎日こうして暮らしているみたい。カトリーナはサラダを並べながら思った。教授は彼女を見守り、そんな気持ちを読み取った。親しくなりすぎないように注意しなければ。今の彼女は不幸で寂しい。だがしばらくして悲しみを乗り越えれば、僕をあまり好きでないのを思い出すだろう。驚いたことに、教授のほうは初めて会ったときよりずっと彼女が好きになっていた。

二人とも空腹だったし、料理はおいしかった。カトリーナは二杯目のワインを飲み干すと楽しそうに言った。「とても気分がよくなったわ。いつまでも自分を哀れんでいても仕方がないもの。サーザ伯母さまもきっとそう思っているわ」

教授は最後のロールパンにバターを塗りながら優しく尋ねた。「君はここに住むつもりかい？　せんさくする気はないけど、暮らし向きは心配ないのかな？」

カトリーナは即座に答えた――早すぎるほどだった。「ええ、もちろん。たぶん、もう少ししたら何か仕事を探すでしょうけど、夏が終わるまではこのままでいます」

「親戚の人たちは？」

彼女は葬儀にやってきた叔父叔母やいとこたちのことを話した。面白おかしく聞こえるように心がけながら。「それに、伯母の弁護士はとてもいい方で、私にもよくしてくださるし」

この言葉が本当らしく聞こえればいいけれど、とカトリーナは思った。とくに親しい間柄でもないのに、教授が会いに来てくれたのはありがたかった。それでも、彼の恩義を受ける気はないし、同情してもらう気もない。でも、思い出してみると、サーザ伯母さまが亡くなったとき、私は彼に来てほしかった。けれど、今はまたもとの私に戻れたんだもの、だれの援助も同情もなしにやっていけるわ。

そう思うと、カトリーナの肩に力が入り、教授はそれに気がついた。彼はカトリーナが口から出まかせに答えているような気がしたが、嘘《うそ》だと疑う理由もなかった。彼女が自分の生活設計についてひどくあいまいなのは少し奇妙だとしても、しっかりと考え直す時間は充分にある。今のところは、なじんだ土地と家で友人に囲まれて暮らすのが一番いいかもしれない。いずれにしても、僕には関係ないことだ。

カトリーナが帰ってもらいたがっているのを感じ取り、教授は急いでいるように見えないよう気をつけながら、料理の残りをランチボックスに戻すのを手伝い、口笛を吹いて犬たちを呼び寄せ、車のほうへ向かった。カトリーナもついていき、教授がランチボックスと犬たちを車に入れると、手を差し出した。

「来てくださってありがとうございました」彼女は明るすぎる声で言った。「恥ずかしいところをお見せしてしまって——いろいろあって、きっと少し疲れていたんです。これから夏の間はあれこれ行事があって本当に楽しみだわ。できたら……」できたら、何？　私は何を願っているの？　見当もつかない。「久しぶりにお宅でゆっくりできるといいですね。伯母を診ていただいてありがとうございました。さようなら、先生……」

彼はカトリーナの手を握った。「知った人に囲まれて暮らせる君は幸せだ。友達もたくさんいるしね。この夏を楽しんで、いずれ、やりたいことも見つかるだろう――あるいは、結婚するかもしれないし」

カトリーナはもの悲しげに言った。「そんな当てはないわ。知っている男性といえば、既婚者かお年寄りだけですもの」彼にまじまじと見つめられているのに気づいて、明るくつけ加えた。「でも、いつ私にぴったりの男性が現れないとも限らないわ。そうでしょう？」

カトリーナは笑った。自分が将来をどれほど明るく見ているかを教授に納得させるために。

「まったくだ――ことにその男が、家と安楽に暮らしていける財産のあるきれいな女性を探しているならね」教授はほほ笑んだ。「気をつけるんだよ、カトリーナ、財産目当ての男と結婚しないように」

カトリーナは走り去る車を見送った。もちろん、これでもう彼に会うことはないだろう。彼が結婚したかも、幸せなのかも、私にはわからない。ドクター・ピーターズがときどき彼の噂を耳にして、私がそれを漏れ聞くこともあるかもしれない。でも、そんなことをして何になるの？　教授はふとした運命のいたずらで私の人生に現れ、結局のところ、私は彼が好きなのだとわかった今、去っていったのだ。

カトリーナは家の中に戻り、ベッツィに餌をやった。それからお茶をいれ、再びペンと紙を持って座り、自分にできそうなことを書き出してみることにした。

子守りはどうかしら？　お年寄りの介護は？　農場の手伝いは？　そう、農場の手伝いならありそうだわ。村には農場がいくつもあるから、じゃがいも掘りとか、新芽摘みとか、若い果実に袋をかぶせるとか……。

おおいに元気づけられて、彼女はいつもより早くベッドに入った。あと一カ月か一カ月半くらいは働かなくていいだけの余裕があるから、友人たちと会ったり、バザーやお祭りを手伝ったりして、伯母を昔から知っていて、遺産などなかったはずだと疑っている人たちの目をそらすことができる。そのあとで、農場で日雇いをすればいいのだ。

「まずはそれでいきましょう」彼女は眠たげにつぶやいた。それで冬を越せるくらい稼げれば、家で勉強してウォーミンスターの夜間大学に通える。それから一つ二つ資格を取って、安定した職に就けばいい――タイピストとか、受付とか、歯科助手とか。カトリーナは頭を夢でいっぱいにして眠りに落ちた。

翌朝早く目覚め、ふと心に浮かんだのは、聖オールドリック病院へ車で出勤していく教授の姿だった。彼のことを考えてもどうにもならないのよ、と彼女は自分に言い聞かせた。もう過去の人なんだから。それより今、大切なのは将来のことでしょう?

4

自宅へ向かって車を走らせながら、グレンヴィル教授はカトリーナのことを考えた。彼女を夕食に連れて帰るつもりでいたのに、彼女のほうは誘われても断るという態度がありありと見えた。僕が訪ねてしばらくはうれしそうにしていたが、将来の計画を尋ねると、そっけなくなった。実際、僕が帰るのを喜んでいたようだ。

教授が玄関ホールへ入っていくと、ピーチが迎えに出てきた。「あのお嬢さんはご一緒ではないんですか?」

「ああ、ミセス・ピーチに礼を言っておいてくれ。弁当はおいしかったとね」教授は書斎の前で立ちどまった。「犬たちを散歩に連れていくかな……」

「その前にお茶はいかがでしょう?」

「戻ってからにするよ。三十分後だ」

彼は口笛を吹いて犬たちを呼び寄せると、庭の向こうの野原へ歩いていった。カトリーナが突然よそよそしくなっても、かまわずにもっと長居をすればよかったのかもしれない。

彼女は礼儀上、いやでもお茶を出しただろう。そうなれば、それを機会に彼女の悩みを聞き出せたかもしれない。彼女はひどく用心深かった。だが一方、僕の訪問を迷惑がっていただけかもしれない。

彼は、カトリーナのことを気にかける自分がいら立たしくもあり、おかしくもあった。だいたい、彼女が礼儀以上の好意を示したことは一度もないんだぞ。ただ、彼女が泣いているのを見たとき、慰めてやりたいと強く思った。不幸な娘の姿がかいま見えたからだ。たぶん彼女のほうは、二人の心が近づいたあのひとときが、なければよかったと思っているだろう。

家に戻ってお茶を飲み終えると、教授は仕事に没頭し、カトリーナのことは胸の隅に押しやった。

翌日、クリニックで午前の診察を終え、午後は聖オールドリック病院へ行った。研究室で助手が彼を待っていた。

「かなり大勢の患者さんが来ていますよ」助手は言った。「教授がお帰りになるまで待たせておきましたからね！　テイラーはすっかり慣れました。先生は研究室に四人目のメンバーが欲しいとおっしゃっていましたが、先週、その人が入りました。モーリーン・ソームズという女性です。優秀だし、やる気もありますよ」

二人が外来へ行くと、師長とテイラーが待っていた。テイラーは若い医師で血液学の専門医を目指している。そして彼のそばに新しいメンバーがいた。小柄で、黒い巻き毛のショートヘア、黒い大きな目の魅力的な顔立ちだ。体はきゃしゃで、握手したときの笑顔はチャーミングだった。

「よろしく」教授は彼女に優しくほほ笑みかけ、師長とともに診察室に向かった。

診察はいつもより長くかかった。教授が帰ろうとしたとき、モーリーンが研究室の戸口に現れた。「ちょっとよろしいですか、教授？　ミセス・ワイズマンについてですが、彼女がずいぶん長く治療してきて、よく頑張ってもいるのはわかります。でも、教授がなぜ、あの特別の治療を命じられたのか、私にはよく理解できないんですが……」

教授はかばんを置いた。「彼女のカルテは持ってるかい？　それなら、ちょっと座って説明しよう」

説明は長くはかからず、ほどなく二人は一緒に病院を出て玄関で別れた。教授は彼女の後ろ姿を見送りながら、モーリーン・ソームズはチャーミングなばかりでなく頭のいい女性だと思った。そしてそれこそ、彼女が教授に思わせようとしたことだった。

教授が去ったあと、カトリーナは寂しさをまぎらすように庭で時間を過ごした。することはいくらでもあった。彼が耕してくれた場所にはすでに芽キャベツ、キャベツ、にんじん、かぶが植えてあり、とりあえず野菜だけはいつでも食べられる。彼女は毎日、くたくたになるまで畑で働き、家へ戻ってお茶をいれた。座って考えるのは教授のことだ。彼にまた会えたらいいのにと思ったが、もちろん、そんなことは起こるはずもない。彼は親切心から会いに来てくれただけで、それはサーザ伯母のことがあったからだ。おそらく、彼は義務を果たしてほっとしていることだろう。

それでも明日という日があるんだから、とカトリーナは自分に言い聞かせた。彼女は来週半ばに開かれるバザーの屋台を手伝う約束をしていた。だが、ようやく眠りに落ちたとき、考えていたのは教授のことだった。

カトリーナが覚えている限り、伯母は毎年、教会のバザーを組織する婦人会の会長を務めてきた。カトリーナはその会には関係なかったが、会員たちは当然、今度は彼女がもっと煩雑な仕事を引き受けてくれるものと思っていた。そんなわけで、それから数日間、カトリーナはバザーに寄付してもらう帽子や服やハンドバッグを集め、それらに値札をつけて並べる作業に大忙しだった。一方、夏祭りのために古本を集める、骨董品《こっとう》を洗って磨く、ボトルをくじ引きで当てる屋台のためにさまざまな瓶入りの飲料や調味料を集める仕事もあり、その間は将来の心配どころではなかった。

バザーの当日、カトリーナは、きれいだが、もはや流行遅れのワンピースを着て、朝早く領主館《マナーハウス》に行き、芝生に屋台を出すのを手伝った。マナーハウスの所有者のレディ・トラスコットが十一時にバザー開催の挨拶《あいさつ》をすることになっていたので、カトリーナとミセス・ピーターズは帽子の陳列に最後の手を加えていた。

「本当にご親切な方ね」ミセス・ピーターズが言った。「毎年、私たちにこの場所を使わせてくださるなんて。ご家族がいないのはお気の毒だけど、姪御《めいご》さんが一人いるはずよ。頭のいい娘さんで、聖オールドリック病院の研修医なんですって」彼女は最後の帽子を並べた。「レディ・トラスコットがいらしたわ。あら、姪御さんも一緒よ。きれいな人ね」

カトリーナもそう思った。どんな女性でも、あのシルクのスーツを着ればきれいに見えるだろう。だが、その若い女性はただきれいなだけではないということも認めないわけにいかなかった。エレガントで自信に満ち、デートを待つボーイフレンドが列をなしていそうな感じだった。

レディ・トラスコットと姪は屋台をまわり始め、ゆで卵カバー、かぎ針編みのマット、毛糸の人形を買った。二人が中古品の屋台から何かを買うはずはなかったが、それでも足をとめて声をかけることはした。

「あなた、私の姪は初めてだったわね？　モーリーン・ソームズよ。頭がよくて、医者なの。専門は血液学で、グレンヴィル教授の研究室にいるのよ。教授はこの娘《こ》をとても高く評価しているの」レディ・トラスコットは満足そうに言った。「だれから聞いても、二人はとても仲がいいそうで……」

モーリーンはちょっと異議を唱えるような顔をしたが、口元にひそかな笑みが浮かんだことに、カトリーナは気づいた。この人、見かけよく振る舞っているだけだわ――好きにはなれない。それに、教授と仲がいいなんて話は、でたらめであってほしい。

カトリーナは言った。「きっととても頭がいいのね。今日は仕事を休んだの、それとも休暇？」

モーリーンは澄ました顔で答えた。「一日だけお休みをもらったのよ。教授は私たちをこき使うの」彼女は鈴の音のような笑い声をあげた。「でも、なんとか楽しんでやってるわ！　私はもうじき帰らなきゃいけないのよ。今夜、一緒に出かけるから」

「仕事も遊びも精力的ってわけね？」カトリーナは軽い調子で言った。「帽子はいかが？　興味ない？」

モーリーンがカトリーナに向けた表情は、二人が友達にはなれないことをはっきり示していた。

レディ・トラスコットと姪が行ってしまうと、ミセス・ピーターズが気楽に言った。

「まあ、すてきじゃない？　私もあの教授が気に入っていたのよ。あなたはどう、カトリーナ？　彼がモーリーンと恋に落ちるなんて、すばらしいじゃないの。彼女はとてもきれいだし、大柄な男性はモーリーンみたいに小柄できゃしゃな女性が好みだっていうから」

そんな言葉を聞くと、カトリーナは自分がばかでかくて不格好だと言われたような気がした。

バザーが終わり、屋台が片づけられ、収益が計算されると、カトリーナは、一緒に夕食をというミセス・ピーターズの誘いを断って家路についた。忙しい一日で、大盛況だったが、決して幸せな一日ではなかった。

モーリーンと出会ったことで、教授の思い出がどっとよみがえってきたからだ。それも、ようやく忘れかけてきたときに。

「モーリーンと結婚するなんて、いい気味だわ」カトリーナは憮然《ぶぜん》としてつぶやいたが、もちろん本気ではなかった。モーリーンは美人で、着ているものもすてきだけれど、魅力的なうわべの下に、自分のしたいようにするわがままな顔がひそんでいる。「彼女は絶対、教授をつかまえる気でいるのよ」カトリーナは思わず声を荒らげ、目を覚ましたベッツィが彼女を見た。「ごめんね、ベッツィ、起こすつもりはなかったのよ。でも、彼女とだったら、教授は絶対に幸せになれないわ」

考えてみると、それはばかげた発言だった。私は教授のことをほとんど何も知らないのよ。彼がどんな私生活を送っているか、何が好きで何が嫌いかも、まったくわからない。小柄できゃしゃな美しい女性が好みだということも充分考えられるわ。とくに、その女性が頭のいい医者となれば……。

「仕方ないわね」カトリーナはぼんやりつぶやくと、ベッドに入った。

翌朝、早起きした彼女は、今日こそミスター・ソーンの農場へ行って、日雇いの手伝いがいらないかどうかきいてみようと決心した。その農場は村から離れているので、村の人々に彼女が働いていることを知られる可能性はまずないだろう。知られてもかまわないのだが、それで同情や心配をされたり、援助を申し出られるのはいやだった。

ミスター・ソーンは温室にいて、トマトの苗を調べていた。口数の少ない男で、カトリーナの話を最後まで黙って聞いてから言った。「ローズ・コテージにずっといたいというあんたの気持ちはわかるよ。いい家だし、サーザが大切にしていたからね。彼女はあまり財産を遺《のこ》さなかったとみえるね？」彼はカトリーナの返事を待たずに続けた。「ちょうど、うちも余分の人手が欲しいと思っていたところなんだ。空豆だがね、天気のいいうちに摘み取らなきゃならないから」彼はカトリーナの手をちらりと見た。形のいい手で、爪はよく手入れされている。「その手じゃ大変かもしれないが……」

「いつから働けますか？」カトリーナは尋ねた。

「いつでもあんたのいいときに。賃金は収穫の量に応じて支払うことにしている。すべてはあんたしだいだ。日雇いはたいてい朝八時に始めて昼まで働いている。だけど、やる気があるなら、夕方の五時、六時まで働いていいよ。たっぷり一週間分の稼ぎになるだろう。それにもし晴天が続けば、次はえんどう豆がある」

「それじゃ八時に来ます」カトリーナはそう答えて自転車で帰宅すると、また計算を始めた。週に四日働けば、消えつつある銀行預金にかなりの額を加えることができる。それに、いつ働くかは自分で決められるのだから、働かない日はふつうの生活を続けられる。教会に花を生けに行ったり、テニスに加わったり、夏祭りの手伝いをしたり。農場で働くなんて、あまり人に自慢できることじゃないけれど、私が経済的に行き詰まっていることがわかったら、みんなは援助したがるだろう。

計画はうまくいった。早起きは苦にならなかった。カトリーナは朝食をとり、ベッツィに餌《えさ》をやり、昼食用にサンドイッチを持って自転車に乗った。仕事は思ったよりずっときつかったが、一日が終わって家路につくときはポケットに現金が入っていた。全身に痛みを抱えながら、彼女はベッツィを相手に夕食をとり、熱い湯につかって疲れを和らげてから、荒れた手の手入れをした。コットンドレスを着てきれいに髪を結い上げ、村の社交生活の大半を占めるさまざまな委員会に出席するとき、みっともなく見えないようにという思いからだった。彼女はみんなから重宝がられ、議事録をとったり、日程の調整をしたり、パンフレットを配り歩いたりした。

伯母の友人だった高齢の女性たちはかちかちにパーマをかけた頭でうなずいては、カトリーナはどうやら落ち着いたようだと言い合った。あとはすてきな男性が現れて結婚すればいいのだけれど、と。実際、その候補になりそうな甥《おい》を持つ何人かの老婦人は、カトリーナが恋に落ちることを期待して巧みに出会いの場を作ったりした。カトリーナはそういった青年たちと一緒にテニスや散歩をしたり、ウォーミンスターに出かけたりもしたが、心を奪われることはなかった。彼女の心の奥には、いつも教授がいた。いくら忘れようとしても……。

雨が少なかったので、えんどう豆の収穫は長く続かなかったが、そのころにはじゃがいもの収穫期を迎えていた。腰は痛み、手袋をはめていても役に立たないほど手が荒れた。その次は、いちごだった。熟したらすぐに摘み取らなければならないので、それもまた、暑い夏の日には大変な重労働だった。だがそのころには仕事にも慣れ、働ける時間はすべて働いた。日に焼け、やせて、一日が終わるとくたくたになった。それでも、将来のための預金が増えていく喜びがある。

二、三人の友人が、やせたわね、と言い、最近、どうしてそんなに手が荒れているのかと尋ねた。

「庭のせいよ」カトリーナは陽気に説明した。「することはいくらでもあるし、私、庭仕事が好きだから。何時間でも庭に出て畑を掘り返してるの。ウォーミンスターに行って、マニキュアしてもらわなくちゃだめね」

夏祭りの前日、カトリーナは翌日休めるように、一時間ほどよけいに農場で働こうと思っていた。サーザ伯母は昔から祭りのリーダー的存在だった。カトリーナは毎年、伯母を手伝い、祭りの翌日にはあと片づけも手伝った。今年も同じようにしなければならない。

その朝はよく晴れていて、カトリーナは農場に着くと、いちご畑で四つん這《ば》いになって懸命に働いた。昼休みに生け垣のそばでほかの労働者たちとサンドイッチを食べていると、ミスター・ソーンがやってきた。

「カトリーナ、今日は五時まで働くつもりかね？」彼女がうなずくと、彼はまた言った。「レディ・トラスコットが今夜いちごを三キロ欲しいと言うんだ。自転車に積んでいってくれないか？　少し早めに出ていいよ。賃金は五時までの分を払うから」

ミスター・ソーンはカトリーナの返事を待たずに行ってしまった。彼は労働者の扱いには公明正大だけれど、カトリーナがいやだと言えば、彼の心証を害するのは明らかだ。裏道からマナーハウスの勝手口にいちごを届けるしかないわ。レディ・トラスコットと顔を合わせるのだけはごめんだもの。

マナーハウスへは帰路を少しまわり道するだけでよかったし、暖かい夕方だった。屋敷の裏へ続く私道は長く、あまり使われていなかったので、溝や穴がたくさんできていた。カトリーナはいちごの箱を自転車の荷台にくくりつけ、がたがたと走りながら、祭りに着る服のことを考えた。明日はとっておきのドレスを着よう。クリーム色と琥珀《こはく》色のクレープ地で、五分袖《そで》で襟元が詰まった上品なワンピースだ。サーザ伯母が数年前に買ってくれたもので、特別の機会にしか着ていなかった。むろん、とっくに流行遅れだが、エレガントで、着たところをめったに村で見せたことがなかったので、みんなは新品だと思うかもしれない。

カトリーナの担当はボトルを売る屋台なので、朝から準備に行かなければならない。祭りが始まるのは十一時だ。近隣の村からも人々がやってきて、屋台が立ち並ぶ狭い本通りをぶらぶらしながら子供たちに風船を買ったり、古本を選んだり、すばらしい骨董品を眺めたりする。それに加えて、子供たちには回転木馬やくじ引きの楽しみがあり、さまざまなボトルの景品を並べた屋台もあるわけだ。

裏道は、屋敷の庭園を迂回《うかい》して正面の私道に合流していた。つまり、カトリーナは玄関前の車寄せを大急ぎで横切って反対側の勝手口へまわらなければならないということだ。合流点へ来ると、彼女は左右を見やった。人影はない。レディ・トラスコットは裏手の中庭を見晴らす客間か、あるいはその中庭でお茶を飲んでいるのだろう。

カトリーナは素早く屋敷の正面を横切った。そしてほとんど端まで来たとき、ベントレーがさっと彼女を追い越していった。運転していたのは教授で、きれいな黒髪の若い女性を横に乗せていた。カトリーナは急いで屋敷の横にまわり、勝手口でとまった。震えているのが自分でも腹立たしかった。彼は私を見なかったかもしれないのよ。見たとしても、私だとは思わなかったはずだわ。

彼女はいちごを渡すと、自転車を押して用心しながら屋敷の角に戻った。ベントレーは玄関前にとまっていたが、人影はなかった。カトリーナは自転車にまたがった。急いで行けば、だれかに偶然、窓から見られる前に、私道の最初のカーブを曲がれるかもしれない。

それに、たぶんみんなはお茶を飲んでいるだろうから、窓の外を見る人なんていないはず……。

しかし、玄関ホールの開いたドアのそばでモーリーンと立っていた教授は、カトリーナを見た。モーリーンも。

「だれかしら？」モーリーンはそう尋ねると、教授が知っているわけもなかったので、だれか答えてくれる人はいないかとあたりを見まわした。「みすぼらしいなりをして……きっと農場から来たのね」彼女は教授を見上げてにっこりした。「本当にお寄りになれないの？　ほんの三十分でも？」

教授は礼儀を心得ていた。失礼にならないように丁寧に、だがきっぱりと断ると、車に乗って立ち去った。彼はカトリーナが庭園を出て、道路に出たところで追い越した。ローズ・コテージまではまだ二キロほどはあったので、彼女が帰り着いたとき、ベントレーはすでに門の前にとめられ、彼は門によりかかっていた。

カトリーナが自転車を降りると、教授は陽気に言った。「やあ、お茶の時間に間に合ったかな？」

彼が門を開けると、カトリーナは先に立って中に入った。教授に会えたうれしさと、自分の一番ひどい姿を見られたいら立ちが交錯するのを隠して、礼儀正しく言った。「どうぞお入りになって。お湯を沸かすわ」彼女は玄関ドアを開け、キッチンへ行った。「先生は早く町へお帰りになりたいんじゃないのかしら」

「なぜそんなことを言うんだい？　僕は今夜はずっと暇だよ」

「じゃ、マナーハウスにお戻りになるの？」

「いや、戻らない。君はどうしてやせたんだい、カトリーナ？　どうしてそんなに疲れきった顔をしているんだ？　それに、その手は……」

彼女はそっけなく答えた。「手を洗う時間も着替えをする時間もなかったからよ」砂糖入れをテーブルにどんと置き、かがんでベッツィの皿にミルクを入れてやる。「先生がいらっしゃるとわかっていたら、ちゃんときれいにしていたわ！」

彼はお茶をつぎ、彼女がテーブルにつくと自分も座った。「話してくれないか、カトリーナ」

「話すって何を？　それに、いずれにしても話すつもりはないわ。先生には関係ありませんから」

「そうか。じゃ、最初からだ。君はそんな格好で、マナーハウスで何をしてたんだ？　君の伯母さんはレディ・トラスコットとは仲がよかったんだろう？　それなのになぜ君は勝手口からこそこそ出入りしてたんだ？」

「こそこそなんてしてないわ。果物を届けただけよ。レディ・トラスコットとはもちろん知り合いだけれど、さっきは会いたくなかったから」

教授はマグのそばに置いていた彼女の手を取った。「それに、この手——農場で働いているんだね、カトリーナ？」

「私がそうしたいなら、したっていいでしょう？　外で働くのは楽しいし……」

「じゃがいもを掘ったり、豆やいちごを摘み取るのがかい？」

痛いところを突いてくる彼の言い方に、カトリーナはいら立ち、返事はしないことにした。

教授はおもむろに口を開いた。「君が言わないなら、僕が言おう。君はお金に困っているんだ。そうだろう？　ローズ・コテージは君のものだが、金はない。それでも、世間は君の伯母さんが充分な財産を遺したものと思っている。君はみんなにそう思わせておきたいんだろう？　君は伯母さんを愛していた。そして彼女は、もし君を一文なしにして死ぬことがわかっていたら、ひどく苦しんだだろう。だから、君は二重生活を送っているんだ。村の人たちは君を、この村で一番尊敬された人物から安楽な暮らしを受け継いだ、ミス・カトリーナ・ギブズだと考えている。一方で君は、みんなに真実がばれないように、遠く離れた農場で生活費を稼いでいるんだ」

カトリーナは黙って座っていた。何を言っていいかわからなかったし、否定しても始まらない。

教授は椅子の背にもたれ、彼女を観察している。しばらくして、カトリーナは落ち着いた声で言った。「明日は夏祭りで、私はボトルの屋台を受け持つんです。先生がレディ・トラスコットとお知り合いだなんて知らなかったわ」

「知り合いじゃない。僕の研究室にいるモーリーン・ソームズに車に乗せてきてほしいと頼まれたんだ。祭りに来ると約束していたのに、車が壊れたというんでね。彼女はレディ・トラスコットの姪だ」

「お医者さまなんですってね。先生はマナーハウスにお泊まりになるの？」

「いや」彼はほほ笑みを押し隠し、缶に入っていた最後のクッキーを食べた。「さて、そろそろ失礼しないと。今夜は家で用事があるんだ」彼が腰を上げたので、カトリーナも立ち上がった。

「ええ、立ち寄ってくださってありがとうございました」彼女は手を差し出した。その手は彼の手の中で、ひどく荒れて感じられた。

二人は門まで歩いていった。まだ暖かく、美しい夕べだった。青空の端がピンクがかった金色に染まりかけている。あたりはとても静かで、生け垣にからみついたすいかずらが甘い香りを放っていた。

教授の形のいい鼻がぴくぴくした。「すいかずらの香りがする……」

「ええ、サーザ伯母さまが大好きだったの。私がここへ引き取られてきたときも、この香りがしたのを覚えているわ」

教授はうなずいた。「明日の祭りはきっとすばらしい日になるよ」

彼は車に乗り込み、片手を上げて走り去った。カトリーナはしばらく門のところにたたずんでいたが、やがて家の中に入り、荒れた手をいくらかでもなめらかにしようと手入れを始めた。小さな家は彼がいなくなると、ひどくからっぽに感じられた。

カトリーナが着いたとき、本通りはすでに活気づいていた。屋台が立てられ、レモネードの箱や食べ物の箱、本や陶器の入った箱が開けられて並べられている。時刻は八時で、することはまだたくさんあった。村の女性たちはカトリーナを温かく迎えた。

カトリーナはボトルに番号のラベルをはって並べながら、まわりのみんなとおしゃべりした。二、三時間、看護師の仕事を休んで来ていたミセス・トリップが彼女に声をかけた。

「私は昼前に行かなくちゃならないの。ドクター・ピーターズからストークス家に行ってほしいと頼まれているのよ。ミセス・ストークスがちょっと元気がなくてね。行く前にレディ・トラスコットの姪御さんを見られるといいんだけど。すてきな人なんですってね、美人で頭もよくて。この祭りに伯母さんと来るために、わざわざ来たんですって。車で――それもベントレーよ。一緒に来た男性も評判になっているって、お屋敷のコックが言ってたわ。大きな男性で、すごくハンサムなんですって。二人そろったところは、とてもお似合いだそうよ」

カトリーナはボトルの上にかがみ込んだ。「そう、帰る前に彼女を見られるといいわね」することがあってよかった、とカトリーナは思った。ボトルは上手に並べなければならない。ウイスキーと三本のワインは前列に、その横にはブラウンソースとトマトケチャップを。だれかがたくさん寄付してくれたコーラはとても見栄えがする。だが、酢やマウスウォッシュ、半ダースほどのシャワー・ジェルのボトルはもっといい景品の後ろに並べたほうがいい。

今年はテレビの司会者が祭りの開催を宣言することになっていた。カトリーナは映画館にもあまり行ったことがなく、伯母がレンタルしていたテレビも今はないので、その司会者のことはよく知らなかった。だが、マナーハウスの一行がその男性を伴って到着すると、ほかの村人たちと同じように首を伸ばしてよく見ようとした。

ふつうの人と変わらないじゃないの、と彼女はがっかりした。それに、彼のスピーチはあまりに長くて大げさだった。けれどそのおかげで、カトリーナは例の姪をじっくり見ることができた。彼女は確かに絵のようにきれいだった。着ているクリーム色のシルクのワンピースは極端なミニで、あれじゃ着ている意味がないわね、とミセス・トリップがささやいた。だが、帽子は息をのむほどすばらしかった。つばの広いストローハットで、たくさんのばらがまわりを取り巻いている。カトリーナがさらに近づいて見ると、彼女がきれいに化粧をしていることや、帽子の下の黒髪はショートでカールしているのがわかった。

モーリーンはあたりを見まわしながらそこに立ち、ちょっとほほ笑んでいた——まるでこの祭りを田舎くさいとばかにしているみたいに。

やっぱり好きになれない人だわ、とカトリーナは思った。そして、なぜ好きではないかという、ほかのいくつかの理由は考えないことにした。

ようやくスピーチが終わり、祭りが始まった。

カトリーナの屋台は景品の補充が追いつかないほど繁盛した。そのうち屋台の前の人だかりが二つに割れ、レディ・トラスコットとその姪がカトリーナの前に現れた。

レディ・トラスコットはかなり大きな声をしているうえに、持ち前のあからさまな言い方で言った。「カトリーナ、どうやら伯母さまの見事な仕事ぶりを引き継いでおいでのようね。彼女が亡くなるなんて残念でしたよ——それもこんなに突然に」周囲が急にしんとなったのに気がついて、レディ・トラスコットはあわてて言った。「私にもくじ引きの券を買わせてもらえるかしら?」彼女はモーリーンを振り返った。「あなた、カトリーナ・ギブズを覚えているわね——バザーのときに会ったでしょう」またカトリーナのほうに向き直る。「モーリーンはここへ来るのにグレンヴィル教授に送っていただいたのよ、カトリーナ。伯母さまを診ていただいたとき、あなたも彼にお会いしてるでしょう」

カトリーナはモーリーンにほほ笑みかけた。「またお会いしたわね。今度はここに長くいらっしゃるの?」

モーリーンはほほ笑みもせず、とげとげしく答えた。「明日の朝は勤務があるの――教授の回診があるから。とても忙しいのよ」

カトリーナはくじ引きの券を渡し、レディ・トラスコットがそれを開いている間にさりげなく言った。「でも、ロンドンはそれほど遠くないでしょう。電車でいらしたの、それとも車で？」

「あら、サイモンが――グレンヴィル教授が送ってくれたのよ」彼女はけげんそうにカトリーナを見た。「伯母がそう言ったばかりでしょう。彼の車だと、あっという間のドライブだったわ」

この人の伯母とやらが亡くなってくれてよかったわ、とモーリーンは思った。カトリーナは大柄ではあるけれどきれいだから、教授が魅力を感じないとも限らない。彼がもうこの人に会う必要がなくなって本当によかった。

「私もくじ引きの券を二枚ばかりもらったほうがよさそうね」モーリーンはそっけなく言った。

カトリーナは彼女に二枚渡しながら、何も当たらないでほしいと思った。そうでなければ、酢みたいなつまらないものが当たればもっといい――その願いは聞き届けられた。モーリーンは、得体の知れないメーカーのけばけばしいシャワー・ジェルのボトルを受け取ると、ばかにしたようにふっと笑ってそれを突き返した。

「私の使うようなものじゃないからいらないわ」

「でも、せっかく当たったんだから」カトリーナは愛想よく言った。

モーリーンはカトリーナをじろりと見た。「私はいつも大当たりよ」

その夜、カトリーナは心地よい疲れに浸りながらローズ・コテージに帰ってきた。

祭りのあと片づけは大変だったが、楽しくもあった。ほとんどすべてのものが売れ、食べられ、飲まれたので、かなりの収益が見込まれ、みんなが喜んでいた。教会の塔を建設する基金は例年どおり潤うだろう。カトリーナはミセス・ピーターズに誘われて一緒に帰り、医師夫妻と夕食をともにした。

「レディ・トラスコットの姪も来たんだろう？」三人で食卓を囲み、祭りの話をしているとき、ドクター・ピーターズがそう言ってカトリーナを見やった。「グレンヴィル教授が彼女を送ってきたのは知ってたかい？」

カトリーナはソーセージにフォークを突き立てた。「ええ、その帰りにうちへも寄ってくださったから」

「私のところにも来たんだよ。君がやせすぎだと言っていた」

カトリーナは赤くなった。「本当に？　私はこんなに元気なのに……」

「確かに彼の言うとおりよ」ミセス・ピーターズが言った。「少し休んで、のんびり旅行にでも出かけたらいいんじゃないかしら」

「そうね、でも夏の間はコテージが最高に過ごしやすいし、庭仕事もあるし」

食事がすむと、カトリーナは医師夫妻に礼を言い、ドクター・ピーターズに送られてコテージへ帰った。

「とにかく、明日は一日、ゆっくり休めるね」彼は言った。

カトリーナは明日の朝、七時までに農場へ行く約束を思い出した。「ええ、そうするわ」彼女はそう請け合うと、医師の頬にキスした。

「何か変だな」帰宅した彼が妻に言った。「何かはわからないが……」長い一日だったので、彼はあくびをした。「まあ、待っていれば今にわかるだろう」

いや、待ってはいられない。グレンヴィル教授は一人で夕食をとりながら思った。カトリーナに個人的な興味はないが、もしできるなら、彼女を助けるのは僕の義務だろう。しかし、どうやって？

「ミス・ソームズからお電話です」ピーチの声が彼のもの思いを中断させた。

「グレンヴィルだ」電話口に出た彼の声はそっけなく、モーリーンをひるませるほどだったが、それは一瞬のことにすぎなかった。

「私、列車に乗り遅れてしまって。伯母はディナーに出かけて車がないんです。申し訳ありませんけど、私を迎えに来て乗せていっていただけませんか、教授？」

彼の返事はいっそうそっけなかった。「無理だね。僕は今から病院へ行かなきゃならないんだ。タクシーを呼びたまえ」それから、礼儀を思い出してつけ加えた。「すまないが」

5

夏祭りから十日後、教授はいつもより早めに帰宅してミセス・ピーチに夕食を頼み、それを食べ終えると、犬たちを呼び寄せて車に乗せ、ローズ・コテージへ向かった。

僕が訪ねていってカトリーナが喜ぶかどうかは疑問だ。そして、彼女がこの提案にけちをつけるのは間違いない。しかし、カトリーナの問題を解決する方法を思いついて以来、それをじっくり考えてきた。彼女が同意すれば、これほど結構な話はなかった。彼がその解決法を思いついたのは、白血病の小児患者の一人を診ていたときだった。八歳になるトレイシーという女の子で、化学療法がよい治療効果をあげていた。トレイシーと夫を亡くした母親は、聖オールドリック病院近くの高層アパートに住んでいる。この親子を二、三カ月間、田舎に引っ越させるのは理想的だった。彼らは静かな生活、栄養のある食事、定期検診を手に入れることができ、教授にはローズ・コテージを訪れる機会ができる。

この話は慎重に進めなければならないだろう。国民健康保険制度が彼らの生活費を負担するというような話をでっち上げなければならないかもしれない——そういう補助金が支払われる場合もあることを、教授はすでに調べ上げていた。それに、トレイシーが全快するためには静養が必要だという点を強調しなければならない。カトリーナはときに冷淡に見えるうわべの下に、とても優しく温かい心を隠し持っているからだ。なぜそうだとわかるのかは自分でも不明だが、とにかく、そうなのだ。

彼がローズ・コテージに着いたのは、たそがれが迫るころだった。まだ暖かく、庭の花々はかぐわしい香りを漂わせている。玄関のドアは閉まり、明かりはともっていなかった。彼は庭のほうへまわり、畑にしゃがみ込んでいるカトリーナを見つけた。

教授を見ると、カトリーナはあわてて立ち上がった。「あら……あら、先生だったの」なんとも気のきかない挨拶《あいさつ》だったが、ちょうど彼のことを考えていたところへ、その本人が自信たっぷりの、そしてちょっとおかしそうな顔をして現れたのでは無理もない。「何かあったんですか?」

「いや、ないよ。驚かせたかな? 君はいつも僕を見ると悪いニュースを連想するのかい?」

カトリーナはかぶりを振った。「先生が——だれでもだけど、いらっしゃるとは思っていなかったから驚いただけよ」

彼は周囲を見まわした。「手入れが行き届いているね。昼間はあまり時間がないだろうに……」

カトリーナは植えつけ用の穴掘り器とからになったかごを拾い上げ、ありのままに言った。「私、もう農場では働いてないんです。人手を減らさなければならなくなって、ほかの人たちには家族があるから……」

「それはすばらしいニュースだ」

「ひどいことをおっしゃるのね。なんの用でいらしたのかは知りませんけど、私を怒らせるためなら、もう帰ってください」

「おいおい、それはせっかちというものだよ。せっかく来たんだから、コーヒーくらいすすめてくれてもいいだろう」

「あら、ではどうぞ」カトリーナは不機嫌に言ったが、好奇心に負けて尋ねた。「領主館《マナーハウス》にいらしたの?」

「いや」彼はカトリーナの手からかごを取ると、それを物置小屋にしまった。それから二人は家に入り、彼はいかにも勝手を知っているといった態度で、やかんに水を入れて火にかけた。

カトリーナはマグとコーヒーを取り出し、クッキーの缶をテーブルに置いた。クッキーはそれが最後で、村のだれかが来たときのためにとってあった。彼女が缶を軽く振って残りを確かめるのを教授は見た。砂糖を出すとき、整頓《せいとん》されてはいるものの、戸棚の中にほとんどものが入っていないのも見ていた。

「それで、農場へ行かなくなったのはいつ？」彼はさりげなく尋ねた。

「三日前」カトリーナはけんか腰につけ加えた。「毎日、時間があるのはいいわ」彼を納得させようと、さらに言った。「庭ではいつでも何かしらすることがあるし、村でもあれやこれやあるし、それに教会に花を生けに行くのだって……」

教授は二人のマグをテーブルに置き、カトリーナのために椅子を引いてから、向かい側に座った。

「そんなにむきになることはないよ、カトリーナ」彼女のひどく怒った顔を見て、彼はまた言った。「それに、僕の話を最後まで聞かずに怒るのはやめてくれ。実は、君の助けがいるんだ……」

「私の助け？　私に助けてほしいの？」

「そうだ。まず、君が僕を嫌いだということを忘れてくれ。これから僕が君に頼むことは、それとはなんの関係もないことだからね。とにかく、黙って最後まで聞いてくれれば……」

彼はトレイシーの事情を穏やかな口調で語った。その声は静かで、私情をまじえない冷静さがあった。

「彼女はそういう機会を与えられて当然だ。とてもいい子なんだよ。母親はおとなしい女性で、友人を必要としている。二人に支給される生活費は多くはないが、妥当な額だ。少なくとも二、三カ月は静養してもらいたいと思っている。その間に役所にかけあって、二人が別のアパートに入居できるようにするつもりだ。君がこの案に反対なら、そう言ってくれ。君にはほかの計画があるのかもしれないし、他人を家におくのはいやかもしれない。それなら、僕はもういっさい、この話はしないから」

「どうして私のところがいいと思ったの？」

彼はほほ笑んだ。「トレイシーが、猫が欲しくてたまらないと言っていたんだ。だが、あの子の住んでいるアパートではペットを飼うのが禁止されている。そのとき、ベッツィのことを思い出したんだ。どうやら、ずいぶん時間を取らせてしまったようだね」教授が腰を上げると、彼の椅子のそばにうずくまっていたバーカーとジョーンズも起き上がった。

カトリーナは椅子に座ったままだった。どうして彼はいつも、私が彼を嫌いだと言うのかしら？　だって、嫌いじゃないのに――最初は嫌いだったかもしれないけれど、今は違うわ。彼ならきっとすばらしい友達になれる。気をつけていなかったら、私はきっと彼に甘えて、泣き言を並べていたわ……。

「私、トレイシーとお母さんに、ここへ来てほしいわ。ときどき……ちょっと寂しくなるの。それにお金もいるし。でも、もし二人が私を気に入らなかったら？」

教授はにっこりした。「そんなことはないさ。だがもし彼らがこの家にいたくないとなったら、そうなったときになんとかしよう。ドクター・ピーターズにもこの話をしてかまわないかい？　彼にはトレイシーの病状を知っておいてほしいんだ。僕もときどき診察に来るけれどね」

カトリーナは立ち上がった。「トレイシーたちがいつ来るか、決まったら知らせてくださる？」

「ああ、たぶんこの一週間以内だろう。トレイシーは定期検診を受けたばかりだから、しばらく僕が診る必要はない」

それを聞いて、カトリーナはがっかりした。いえ、がっかりする理由なんてないはずよ、とあわてて自分に言い聞かせる――がっかりどころか、その反対よ。当面、将来の心配がなくなったんだから。そのあとのことは、また考えればいいわ。

教授は感じのいい、冷静な態度を保ったまま、ほどなく帰っていった。「僕の秘書にさっそく連絡させるよ」彼はそう言うと、握手をして立ち去った。

彼の車のテールランプが見えなくなり、あたりに再び静寂が訪れると、カトリーナは家の中に戻って伯母の寝室に上がった。

そこは二つある部屋の大きいほうで、古風なドレッサーとクローゼット、それに伯母の両親のものだった立派なベッドがあった。カトリーナは部屋の真ん中に立って、このコテージでは本当は二人の人間しか暮らせないことを教授に言わなかったのを悔やんだ。もちろん、その女の子が母親と同じベッドで寝るなら別だけれど。

忘れないで、ベッドの件を問い合わせなくちゃ、とカトリーナは階段を下りながら思った。またテーブルに向かって計算したが、今度はもっとずっと楽観的になれた。受け取る下宿代から私が貯金できる分は残らないだろう――親子にいい食事をさせるつもりなら。それでも、私も一緒に食べられるから、銀行預金には手をつけずにすむ。教授が口にした金額なら、光熱費や日用品もまかなえるだろう。

村の人たちはむろん、せんさくするだろう。でも、知りたがりではあっても、心根は優しい人たちだから、病気の子供とその母親に住むところを提供するのを変だとは思わないだろう。たとえ変だと思う人がいても、私は気にしないけれど。

翌日、彼女は伯母のわずかな所持品を階段の下の物入れに置いてある古びたチェストにしまった。それからドレッサーやクローゼットの引き出しを全部きれいにし、毛布とキルトを外に干し、部屋じゅうを磨き上げた。

午前中に、教授の秘書から、教授の申し出のすべてを書面にしたものが送られてきた。下宿人を四日以内に受け入れる用意はあるか、返事をもらいたいとのことだった。

カトリーナはさっそく返事を書き、ミセス・ダイアーの店へそれを投函《とうかん》しに行った。それから電話ボックスに入り、ベッドの件を尋ねた。教授の秘書は感じのいい人で、さっそく手を打ちます、と請け合ってくれた。だが、トレイシーと母親は一つのベッドで寝ることになっても異存はないだろうと秘書はつけ加えた。「あの親子はとても狭苦しいアパートの十二階に住んでいるんです。私もグレンヴィル教授とそこを訪ねたことがありますが、二人はシングルベッドを一緒に使っていたくらいですから」

カトリーナは礼を言って電話を切った。秘書はきれいな声をしていた。たぶん、きれいな女性ね。もちろん、彼女は教授としょっちゅう顔を合わせるわ。そう思うと、カトリーナの心はなんとなく穏やかではなくなったが、そんな気持ちはばかげていると切り捨てた。教授に美人の秘書が一ダースいたとしても、どうして私がそれを気にしなきゃならないの？

トレイシーと母親は昼食までに着くことになっていた。たぶん列車でウォーミンスターまで来て、村まではバスかタクシーを使うのだろう。カトリーナは早起きして、花を生け、サラダを作り、二人が予定より早く着いた場合に備えてコーヒーとレモネードを用意した。二階で最後の点検をしていると、階段の下から教授の声がした。

「いるかい？」彼女が小走りに階段を下りていくと、彼は言った。「早すぎたかな……」

「先生がいらっしゃるなんて知らなかった……」

彼はほほ笑んだ。「言わなかったからね。僕に会えてうれしいかい、カトリーナ？」

彼女はうれしくてたまらなかったが、それが顔に出ていなければいいけれど、と思った。「先生はいつでも大歓迎よ」彼女は落ち着いた声で言うと、彼の肩越しに後ろをのぞいた。

「トレイシーは一緒なんでしょう？　お母さんも？」

「ああ。呼んできていいかな？　二人とも興奮して緊張しているんだ。ミセス・ウォードはこの一年、ずいぶんつらい思いをしてきてね。君なら彼女に人生の喜びを取り戻させることができると思うんだ」彼は車に向かい、ほどなくトレイシーの手を取り、その横にミセス・ウォードを連れて戻ってきた。カトリーナが歩いていって出迎えると、教授は言った。「カトリーナ、こちらがミセス・ウォードだ」二人が握手をすると、今度は少女を紹介した。「そして、トレイシー……」

少女は年のわりに小柄だった。小さな青白い顔に大きな青い目をしている。顎の下でひもを結ぶコットンの帽子をかぶり、清潔だが大きすぎるコットンのワンピースを着ていた。少女はカトリーナに向かって手を差し出し、にっこりした。

カトリーナもぱっとほほ笑み返した。「まあ、私たち、きっと楽しくやれるわね。どうぞ、お入りになって。コーヒーとレモネードがあるのよ」彼女は教授をちらりと見た。

「先生もコーヒーを召し上がっていらっしゃる？」

「そうするよ。スーツケースを運んでくる」

カトリーナは親子をコテージに案内した。「私、話し相手ができてとてもうれしいのよ」彼女は先に立ってキッチンへ入っていった。「ここを気に入ってもらえるといいんだけれど」彼女は先に立ってキッチンへ入っていった。「どうぞ、おかけになって。教授もすぐ見えるでしょう。ドライブは快適でした？」

ミセス・ウォードは不安そうな顔をした。「本当に私たちが住まわせてもらってもかまわないんでしょうか？　教授のお話では……」

カトリーナは心からほほ笑んだ。「あなた方が来てくださって、私は本当にうれしいの。だからまず手初めに、あなたをミセス・ウォードと呼ぶのはやめるわ。私はカトリーナよ」

「私はモリー」ミセス・ウォードはやっとほほ笑み、あたりを見まわした。「夢みたい……」

教授が入ってきたので、カトリーナはコーヒーをつぎ、トレイシーにはレモネードを出してから、自分で焼いたカントリーケーキを切った。オーブンから出したばかりで温かく、すぐりの実と干しぶどうが入っている。教授はおなかをすかせた子供のようにそれを平らげ、もう一切れ食べた。トレイシーとモリーもそれにならった。彼はコーヒーもお代わりして、あれこれ気さくにしゃべった。どうやら少しも急いではいないようで、トレイシーを優しくからかい、カトリーナに庭のことを尋ねる。だが、やがて彼は言った。「さて、そろそろ失礼するよ。ミセス・ウォード、二、三週間したら検診に来るからね。カトリーナはトレイシーのことを何もかも心得ているし、村には彼女と親しい優秀な医者もいる」

彼は二人と握手すると、カトリーナにうなずいてドアへ向かった。「僕に用があるときは、クリニックでも病院でもいいから電話するんだよ、カトリーナ」

三人は彼を車まで見送った。途中で教授は振り返ってモスローズを眺め、カトリーナにそっと言った。

「伯母さんはきっと喜んでいるね」

カトリーナは彼の言っていることがわかった。「ええ、私もそう思うわ」彼女は彼の穏やかな顔をじっと見上げた。この人を嫌いだと思ったことがあったなんて信じられない。

彼もカトリーナを見つめ、不意にほほ笑んだかと思うと、感慨深げな声で言った。「これは驚いたな」だが再び口を開いたときには、いかにもかかりつけの医者といった口調だった。「毎週、報告をくれるようにね、カトリーナ」

彼は車に乗り込み、手を振って去っていった。

カトリーナは先に立ってコテージへ戻った。「まず、家の中を案内するわね。といっても狭い家だし、どこでも好きなところへ行ってかまわないわ。庭は広いのよ。そっちはあとで見せるわね。ここが居間で……」彼女は階段に続くドアを開けた。「それから、二階は……」

ひととおり見てまわったあと、モリーが満足げな吐息をもらした。「静かで、本当にすてきな家ね。お花もこんなにたくさん……天国みたい」

あちこちをのぞいていたトレイシーがベッツィを見つけた。猫は見知らぬ親子がやってきたので、用心深く隠れていたのだ。

「猫よ——このうちの？　撫《な》でてもいい？」

「いいわよ。ベッツィっていうの。ママがいいって言ってくれたら、ベッツィはあなたがベッドへ行くとき一緒に行って、そばで寝ると思うわ」

「本当？　ねえ、見て、この子、私が好きみたい」

　やがて三人は庭を見てまわり、畑でいちごを摘んでから、また家の中に戻っておしゃべりした。トレイシーが帽子を脱いだので、カトリーナは化学療法の副作用で髪の抜けた小さな頭を見てたじろいだ。

「この子はきれいな巻き毛だったのよ」モリーが悲しそうに言った。

「またそうなるわ」カトリーナはきっぱりと言った。「治療が終われば、髪はまた生えるんだもの。それに、そのときは健康になっているのよ」

「ええ、お医者さんや看護師さんたちにはいくら感謝してもしきれないくらいよ。グレンヴィル教授はトレイシーやほかの子供たちに、いつもとてもよくしてくださるの。みんなあの先生が大好きなのよ。子供たちが治療を怖がらないように楽しませて、決してせき立てるようなことはしないの。治療についての説明がよくのみ込めないときでも、いらいらした様子を見せないし……」彼女は恥ずかしそうにほほ笑んでカトリーナを見た。「教授はあなたのお友達なの？」

「いえ、教授は伯母が亡くなるまで診てくださったの。伯母にとてもよくしてくださったわ──私にも。彼はとても親切なのよ。お忙しい方なのに」

「そうなのよ」モリーは力をこめて言った。「彼が病院にいるところを見ればわかるわ。外来の患者も多いし、入院患者も大勢いるの。それにご自分のクリニックもあるし。でもいつも悠々として、疲れた顔も、心配そうな顔も見せたことがないの」

教授には少なくとも一人は熱烈なファンがいるわけね、とカトリーナは思った。モリーの話からすれば、もっとたくさんいるだろう。しかも、モリーが彼について言ったことはすべて本当だ。まったく、どうして私は彼を嫌いだなんて思ったのかしら?

最初のぎこちない数日間が過ぎると、モリーとトレイシーはなんの苦もなくローズ・コテージの暮らしに溶け込んでいった。二人がしだいにリラックスするのを見て、カトリーナは久しぶりに幸せに近い気持ちになった。

トレイシーにとっては、卵を買いに農場へ行くのはごほうびのようなものだった。そこには子猫を産んだ猫がいたし、ペットとして飼われている子羊もいた。モリーは頬の赤みを少し取り戻し、何歳か若返って見えた。とても小柄な女性だったが、行動ものみ込みも早く、カトリーナと家事を分担し、しばらくすると畑仕事も手伝った。ウォード親子はずっとロンドンに住んでいて、夫の生前は仕事場のあったステプニーの小さな家で暮らしていた。夫が病気になると、モリーはトレイシーを家にいる夫にまかせて働きに出た。だが、お金が足りたためしはなかった。やがて一家は低所得者のための公営アパートに移り、夫はそこで亡くなったという。

とても悲しい話だったが、モリーは淡々と語り、同情を求めなかった。

「教授は、トレイシーのために別の住まいに移れるようにするとおっしゃったけれど……」

「それなら、きっとなんとかしてくださるわ」カトリーナは答えた。「今日はドクター・ピーターズに会いに行きましょう。いいお医者さまよ」彼女はトレイシーとモリーをすでに村の店に連れていっていた。ミセス・ダイアーの口からその話は次々と村の人々に伝えられ、二人は会う人ごとに歓迎の挨拶をされた。モリーはこれまで、アパートを一歩出れば人々に無視されたり、怒鳴られたりする生活をしてきたので、最初はびくびくしていたものの、すぐに喜んで受け入れるようになった。

その週の終わりに、カトリーナは教授にごく事務的な報告書を書いて送った。彼がすでにドクター・ピーターズに電話していたのを知らない彼女は、ささいなことまで無味乾燥な言葉で書きとめていたので、教授は思わず苦笑した。これでは僕が時間を見つけて行ってみるしかないな……。

ある朝、教授は研修医にトレイシーの話をしていた。そこへモーリーンが加わり、しばらく黙って聞いていたあとで言った。「化学療法を受けたあの女の子が？　私の伯母が住んでいる村に静養に行ったんですか？　夏祭りで会ったあの大柄な女性の家に？　まあ、教授、それならぜひ、この週末に検診にいらしたらいかがですか？　私も休みで、伯母のところで過ごすつもりなんです。一緒に乗せていっていただけません？　そうしてもらえればとても助かります。私の勤務は月曜の午後からですから、帰りは電車か、伯母の車で送ってもらうかしますわ」彼女は懇願するように教授を見上げた。「先生のご都合のいい時間でかまいませんから……」

教授はカトリーナのことを考えていたので、ぞんざいに言った。「ああ、わかった。土曜の朝、八時に病院の玄関で」彼はうわの空でモーリーンにうなずくと、再び研修医のほうを向いて話を続けた。

すでに関心を向けられていないと判断したモーリーンは、さっさとその場を離れた。その後ろ姿を見やった研修医は何も言わなかったが、心の中では教授が彼女の手に落ちないことを願った。ああいう計算高い女にとって、教授は格好の標的だからな……。

教授は慎重に計画を練った。ピーチとミセス・ピーチの協力を得て手はずを整え、金曜の夕方自宅を出ると、その晩はクリニックの階上《うえ》にあるフラットに泊まって仕事を片づけた。土曜の朝、八時きっかりに、彼はモーリーンの待つ病院の正面玄関に着いた。

「おはようございます」モーリーンは挨拶して車に乗り込んだが、彼のそっけなさに気がついて、無理に話しかけようとはしなかった。そして、彼が幹線道路をはずれて自宅の門の前で車をとめたときも驚いた様子は見せなかった。

「ここにお住まいなんですか？」彼女はさりげなさを装って尋ねた。

「ああ、犬を連れていくから」

そこへ、ピーチが大きなバスケットを持ち、バーカーとジョーンズを従えて現れた。彼はバスケットをトランクに入れ、ドアを開けて犬たちを車に乗せると、後ろにさがって教授にうなずいた。きびきびと仕事に専心しているようだったが、それでもピーチはしっかりとモーリーンを観察していた。

「あのお嬢さんはまずいな。きっとやっかいなことになるぞ」家の中に戻ったピーチは妻に言った。

やがて村が見えてくると、モーリーンはかわいらしい声で言った。「トレイシーの診察に私もついていっていいですか？　彼女は以前からとても興味深い患者ですし……」それは失言だった。モーリーンが彼の研究室に加わったのは最近のことで、トレイシーの経過についてはあまり知らなかったからだ。

「君が彼女に会ったのは一度きりだろう。君にはそれほど興味のある患者ではないはずだ」彼はすでにマナーハウスに向かう道を曲がっていた。

モーリーンはあわてて言った。「おっしゃるとおりですわ、教授。でも、コーヒーを召し上がっていってくださるでしょう？　まだ朝早いですし」

彼はマナーハウスの前で車をとめ、ドアを開けてモーリーンを降ろすと、彼女のバッグをトランクから取り出し、迎えに出てきた執事に渡した。「いや、ありがたいが結構だ。じゃ、楽しい週末を」

教授は次に村の診療所に立ち寄った。

「すばらしい成果と言うべきでしょうな」ドクター・ピーターズは言った。「カトリーナが毎日のようにトレイシーを村に連れてくるので、私も何度か会いました。先生のお考えが功を奏したようです」彼は教授の顔を見た。「一石二鳥でしたね」

じっと見つめ合ったあと、教授がほほ笑んだ。「そういうことになりますね」

ローズ・コテージの玄関ドアは開いていた。中から歌声が聞こえてくる。トレイシーは花壇にしゃがみ込んで甘い香りのする小さな花を摘んでいた。車の音に振り向いた少女は、急いで門へやってきた。内気で恥ずかしがりやの少女だったが、この数カ月の間に教授にはすっかり心を開くようになっていた。「私を診察に来たの？　元気そうでしょう？　ママが、奇跡みたいだって言ってたわ。ねえ、このお洋服、好き？　カトリーナが作ってくれたの。帽子もよ」トレイシーは彼の腕を引っ張り、それからちょっとあとずさりした。「大きな犬がいる……」

「僕の犬だよ。車の中にもう一匹いる。怖がらなくていいんだよ。とてもおとなしいから」

教授がもう一匹を車から出すと、トレイシーは彼の腕にしがみついたまま、そっと犬の頭を撫でた。

居間にはだれもいなかったが、キッチンから金づちを打つ音がした。カトリーナが椅子の上に立って釘《くぎ》を打ち込み、モリーがその椅子を押さえている。

「まあ、だれかと思ったら!」モリーは叫び、思わず椅子から手を放したので、粗末な椅子はカトリーナの体を支えきれずにぐらぐらした。

「おはよう」教授はふだんと変わりない態度で言うと、カトリーナを椅子から抱き下ろした。「転げ落ちないうちにね」彼は事務的に説明した。「急にお邪魔して申し訳ないが、今日はたまたま時間ができてね。そろそろトレイシーを診察する時期でもあるし」

「ああ、グレンヴィル教授、トレイシーはとてもよくなったんですよ。見てやってください。ここへ来て本当によかった……」モリーは声を詰まらせた。

教授は彼女にほほ笑みかけてから、頬をかすかにピンクに染めて彼と目を合わせないようにしているカトリーナを見やった。彼女は急に気恥ずかしくなった自分にうろたえ、なんとかいつもの落ち着きを取り戻そうとしていた。

視線を教授の肩より上には上げないように気をつけながら、カトリーナは言った。「邪魔だなんてとんでもない。トレイシーは……いえ、私たちみんな、大歓迎よ。私、コーヒーをいれるわ」

トレイシーが来てカトリーナの手を取った。「犬が二匹いるの。ベッツィはいやがるかしら?」

「いいえ、きっと大丈夫よ。ねえ、先生とママを庭にご案内したら? コーヒーができたら呼ぶわ」

「それはいい」教授は言い、胸の内でほほ笑んだ。カトリーナは不意をつかれて、いつもの冷ややかな態度の陰に隠れる暇がなかったようだ。うろたえた彼女の姿は、いたく彼の気に入った。

三人は庭でコーヒーを飲んだ。トレイシーはもう犬たちを怖がらずに、ボールを投げてやっていた。

「あの子はよくなったんでしょう、先生?」モリーは心配そうに尋ねた。「二人分食べるし、夜はよく眠っているし」彼女はカトリーナを見た。「みんなカトリーナのおかげだわ。おいしい食事を作ってくれて、庭で遊んでくれたり、散歩に連れていってくれたり……」

教授はゆったりと伸びをした。「ああ、ずいぶんよくなったようだ。あとで診察するけれど、一、二週間したら病院へ来て検査を受けてもらおうかな」

彼の口調に安心して、モリーはうれしそうに言った。「わかりました。トレイシーもきっといやがらないでしょう。またここへ帰ってくるのがわかっているんですから」

彼は帰りを急ぐ様子ではなかったので、しばらくしてカトリーナは尋ねた。「昼食を召し上がっていらっしゃいます、教授？」その口調は、いかにも礼儀上、尋ねているだけだといった感じだったので、教授は思わずほほ笑んだ。

「ありがとう。だけど、僕が逆に君たちみんなをピクニックに招待してもいいかな？　うちのミセス・ピーチがサンドイッチを作ってくれたんだ。トレイシーも出かけたいだろうし。ここからそう遠くないところに〝天国の門〟という公園みたいな場所がある――君は知ってるだろう、カトリーナ？」彼女がうなずくと、教授は続けた。「君たちが来てくれるとうれしいんだが……」

ずっと話を聞いていたトレイシーがねだった。「お願い、行っていいでしょう？　ジョーンズとバーカーも連れていっていい？　今すぐ行ける？」

「カトリーナがいいと言うかな？」

三人はじっと彼女を見つめた。トレイシーは哀願するように、モリーはどっちつかずに。そして、教授は何も言わずに。カトリーナは彼の平然とした顔をちらりと見た。「すてきね。もちろん、ご一緒させていただくわ、教授。天気もいいし、天国の門はとてもきれいなところだし」ぺらぺらとしゃべりすぎていることに気がついて、彼女は口をつぐんだ。

教授はほほ笑んでしまわないように気をつけながらカトリーナを見ていた。「よし。じゃ、トレイシーを診てからにしよう。二階がいいかな？」

カトリーナはコーヒーカップを片づけてから自分の部屋へ行った。隣の部屋からモリーとトレイシーと教授の低い話し声が聞こえてくる。彼女は乱れていた髪を手早く整えて階下へ戻った。

教授はトレイシーの経過に満足しているような口ぶりだった。「秘書にロンドンへ来る日を連絡させるよ」彼はモリーに言った。「君も一緒に来てもらったほうがいいな、カトリーナ」

カトリーナはその日が楽しみだという気持ちを隠して、事務的な態度で承知した。たぶん、私が教授に会うことはないわ。でも、彼はそこにいるのよ。彼女の思いは支離滅裂だった。

天国の門は美しかった。ほかにもピクニックに来ている人々がいたが、カトリーナたちは木陰の静かな場所で、すばらしい景色が眺められるところを見つけた。教授は車からバスケットを運び、カトリーナとモリーがそれを広げた。ミセス・ピーチは存分に料理の腕をふるっていた。クリームチーズやハムやスモークサーモンを挟んだロールサンド、フライドチキン、ひき肉のパイ、サラダ、ポテト入りの細長いペストリー、デザートにはフルーツゼリー、チョコレートムース……。

モリーは目をみはった。「こんなごちそう、病院の待合室にある雑誌でしか見たことないわ」

教授は草の上に腰を下ろした。「うちの家政婦はケーキやパイを焼くのが大好きなんだ。

みんな、おなかがすいているといいけれど。僕はぺこぺこだ」

彼がワインのボトルを開け、トレイシーにはオレンジジュースをついで、みんなで食べ始めた。

カトリーナにはこれが現実のこととは思えなかった。高名で裕福で、たぶん友人もたくさんいる教授が、患者をピクニックに招待するなんてことがあるかしら？　それもこんなピクニックに——というより、野外パーティーだわ！　教授はどうしてこんなことをしたのかしら？　もしかするとトレイシーの経過が思わしくないので、彼女を最後に楽しませてあげようと……だめよ、そんなこと考えちゃ。カトリーナは自分にそう言い聞かせて目を上げ、トレイシーを見ている教授の目を見つめた。

モリーとトレイシーは少しも疑っていなかった。二人はずいぶん長い間、これほど楽しい思いをしたことがなかった。母と子はおおいに食べ、話し、よく笑った。そして教授は、明るい会話の流れを守り続けた。カトリーナもはっきりしない疑いは忘れて、よく食べ、トレイシーを優しくからかって会話に加わった。なんだか夢のようだったが、彼女は幸せだった。教授にはそれなりの理由があるのだろう。彼のするがままにまかせよう。

食事の片づけをすませると、やがてトレイシーは犬と走りまわった疲れでうとうとし、母親によりかかって眠ってしまった。

教授は大きな背を起こして立ち上がった。「トレイシーが眠っている間に、カトリーナと僕は犬を散歩させてくるよ」彼はかがんでカトリーナを立たせた。「犬たちはもう少し走りたいだろうからね」

カトリーナはしぶしぶ教授に従い、モリーは陽気にうなずいた。「私なら、一日じゅうここに座っていてもいいくらい」

いつの間にか、カトリーナは肩にまわされた大きな手にせかされてその場を離れていた。彼女はぶつぶつ言った。「私だって、何もしないで座っていたかったのに」

二人は丘をゆるやかに下る小道を歩いていた。教授は足をとめてカトリーナを自分のほうに向き直らせた。「本当にそうしたいなら、戻ってもいいんだよ、カトリーナ」彼がほほ笑みかけると、カトリーナの胸が苦しくなった。

「あの……散歩もいいかもしれないわね」彼女はおとなしく言った。

6

　初めのうち、二人はあまり話をしなかった。だが、やがて教授は話題をローズ・コテージでの生活へ向けた。

「君はこの取り決めに不満はないかい？　ミセス・ウォードとトレイシーが喜んでいるのはわかっているが、なんといってもあそこは君の家だし、乱されているのは君の生活だからね」

「私は満足してるわ」カトリーナは請け合った。「本当よ。モリーはいい話し相手だし、家事もよく手伝ってくれるわ。トレイシーはとてもかわいいし。あの子はよくなっているのね——本当に？」

「そう信じてるよ。彼女の白血病は君の伯母さんのとはタイプが違うんだ。子供によく見られるもので、早いうちなら放射線療法と化学療法で完治する。最悪の場合でも、数年間は症状が緩解する。僕はトレイシーが完治していることを心から願っている。だがその保証はどんな医者にもできないだろう」彼はカトリーナを見下ろしてほほ笑んだ。「それで、カトリーナ、君はどうなんだい？　経費は足りている？　見たところ、ミセス・ウォードとトレイシーはこれ以上ないほどの待遇を受けているようだけれど」

「充分すぎるくらいよ。ずいぶん気前のいい補助金なのね。それに、今の時期は青菜やじゃがいもや果物を買わなくてもいいから、毎週、いくらか余るわ。補助金を送ってくれる先に、そのことを知らせるべきかしら？」

「いや、それはしなくていいだろう。余った分が必要になる週もあるかもしれない。あるいは、特別な機会に使うとか。ミセス・ウォードとトレイシーがロンドンへ帰ったら、君は何をするつもりだい？」

カトリーナは足をとめて彼を見上げた。「もう帰るんじゃないでしょうね？　来てからまだ三週間ちょっとしかたっていないのに……」

「いや、違うよ、心配しなくていい。近いうちにしなければならない検査の結果が満足のいくものだったとしても、あの二人をあと一カ月か、あるいはもう少し、置いてあげてほしいんだ。ただし、トレイシーが元気になりしだい、ふつうの生活をさせてあげることが大切だというのはわかっておいてほしい。学校へ行くとか、友達と遊ぶとかね。二人ともここにいれば幸せだ。だがあの親子を前に住んでいた場所より静かな地区に――できれば庭のある家か、公園のそばの家に引っ越させてやれれば、そこで自分たちの生活を築ける。ミセス・ウォードはまだ若いから再婚するかもしれない。トレイシーは教育を受け、自分の将来を決める機会を与えられなくてはいけない」

二人は肩を並べて、また歩きだした。

「それで、君はどうなんだい、カトリーナ？　君も自分の将来を考えていい時期じゃないのか？　君の人生はすべてこれからだ。何かしなくちゃ」

「ええ、それについてはずいぶん考えて、何をしたいか、わかってきたような気がするの。ウォーミンスターの公立図書館に知り合いの司書がいて、サーザ伯母さまの友達だった人なんだけれど、いつか私に、仕事が欲しくなったら、図書館司書になる研修を受けてみたらとすすめてくれたの。研修中はパートの図書館員として働けるんですって。雑用しかさせてもらえないでしょうけど。でも、もしかすると、あまり長い研修期間をおかなくても正式に雇ってもらえるかもしれないわ。私は三課目で上級合格証書をもらっているから――国語と、国文学と、数学で」

「そんなすごい才能を今まで隠していたんだね。最初に誘われたときにどうしてその研修を受けなかったんだい？」

「それはあの……サーザ伯母さまが少し待ちなさいって……」カトリーナは鋭い口調でさらに言った。「私はそれまでずっととても幸せだったから……」

教授は穏やかに言った。「そうだね、わかってるよ。だが、司書になるのは悪くない。人に出会う機会も多くなるし、君は結婚するかもしれないね。そうしたいかい？」

「結婚を？　ええ、もちろん。自分がキャリア向きだとは思わないし、夫と子供たちがいる家庭が欲しいわ。私が前に尋ねたとき、先生も結婚を考えているようなことをおっしゃったけれど……」

「ああ、考えているよ。だれにでも希望や夢はあるものさ。それを早く実現できる人もいれば、遅い人もいる」

そんなの、答えになってないわ。それどころか、鼻であしらわれたみたい、とカトリーナは思った。残念だわ。私は彼が好きだという結論に達したのに、彼のほうは私に少しもそんな気持ちを持っていないなんて。確かに彼は優しいし、親切だわ。困ったときは助けてくれる。でも、彼はきっとだれに対してもそうなんだわ。

「そろそろ戻らないと」カトリーナはきびきびと言った。「お茶までいらっしゃるでしょう？　よければ庭でどうぞ」

ほどなく四人は車に乗り、ローズ・コテージに戻った。そして教授とトレイシーが畑でいちごとラズベリーを摘む間、カトリーナとモリーはお茶の支度をした。それを庭へ持っていき、スコーンやケーキやバターつきの薄切りパン、蜂蜜《はちみつ》や大黄のジャムなどとともに、モスローズのそばに出したテーブルの上に置いた。トレイシーは摘み取ったいちごとラズベリーをボウルに分け、教授はティーポットを運んだ。それからみんなで座って、ゆっくりお茶を飲んだ。

あたりはまだ暖かかった。すばらしい午後だわ、とカトリーナは思った。いつまでも忘れられない午後になるだろう。トレイシーとモリーは幸せそうだった。教授も楽しそうだった。彼はカトリーナの視線をとらえて、にっこりした。カトリーナにはその笑みが、何はともあれ、自分を好いてくれる人の笑みのように思えた。今日という日が永遠に終わらなければいいのに……。

「そろそろ失礼する時間だ」教授は言った。「今夜は出かける予定があってね」

「女の人と?」トレイシーが尋ねた。「きれいなドレスを着た人?」

「うん、女の人とだ。だけど、服のことはわからないな。きっと何かきれいなものだろうけど」

「シンデレラみたいに?」

「きっとね」彼は立ち上がった。「楽しい一日だったよ。ありがとう、カトリーナ」

「こちらこそ、ピクニックのごちそうを持ってきてくださって……」

「ピクニックをするにはごちそうばかりでなく人もいなきゃできないんだよ!」彼はモリーと握手し、トレイシーのやせた肩に優しく手を置いた。それから口笛を吹いて犬たちを呼び寄せて言った。「門まで送ってくれるかい、カトリーナ」

「来てくださってありがとう」カトリーナは言った。「とても楽しかったわ。ごちそうもおいしかったし。どうかミセス・ピーチに私たちが大喜びしたと伝えてください。それじや、楽しい夜を。気をつけて運転してくださいね」

彼はおかしさを押し隠した。「ああ。高速道路は快適だったけど、下りてからは一、二度、ストップしなきゃならなくてね」カトリーナのけげんそうな顔を見て続けた。「モーリーン・ソームズを乗せてきたんだ。この週末を伯母さんのところで過ごすそうだ」

カトリーナは胸に押し寄せた悲しみがなんなのか、考えてみようともしなかった。「あら、そうだったの。じゃ、これから彼女を迎えに行くのね……」

「いや、彼女は伯母さんの運転手に送ってもらって帰るだろう」

カトリーナはかがんで最初はバーカーを、次にジョーンズを撫《な》でた。「それじゃ、楽しい夜を」彼女はもう一度言った。わかっていて、わざと言ったのだ。せっかくのすてきな一日が台なしになってしまったわ。モーリーンのことなんて私に言う必要はなかったのに。それとも、はっきりさせておきたくて言ったのかしら――彼がローズ・コテージで一日を過ごすことに決めたのは、あくまでトレイシーを診察するためだったということを。

カトリーナは車に乗り込む彼を見守った。それから手を振る彼に、うなずいてほほ笑んでみせた。彼女がのろのろとコテージに戻ると、モリーとトレイシーが楽しそうに一日の出来事を振り返っていた。

「思い出に残る一日になるわ」モリーは言った。

「そうね」カトリーナも言った。でも、私の思い出は幸せな思い出ではないけれど。

教授もまた、自宅へ向かって車を走らせながら、その日の出来事を思い返していた。何もかもうまくいっていたのに、最後になって、カトリーナが突然、冷たく儀礼的な仮面の後ろに引きこもってしまった。たぶん彼女は、僕とあまり親しくなりすぎるのを警戒しているのだろう。あせってはだめだ。もっとゆっくりやらなくては、と教授は自戒した。

翌週、ミセス・ウォードは、四日後の午前十一時半に聖オールドリック病院に来るようにとの手紙を受け取った。トレイシーがひと晩入院することになるかもしれないので、その用意をしてくるようにとも書かれていた。

「どこか悪いところがあるんだわ」モリーは涙にくれた。「なぜ入院しなくちゃいけないの？　検査ならその日のうちに終わるはずなのに……」

カトリーナは素早く言った。「ほら、時間のかかる検査もあるでしょう？　全部すむまで病院にいるほうが、一度ここへ帰ってきてまた行くよりずっと楽よ。あなたも一緒に泊まるんでしょうし、トレイシーは何度か入院したことがあるんでしょう？　心配いらないわよ。何かあったのなら、教授が話してくれたはずよ。彼が信頼できるのはわかっているでしょう」

モリーは涙をぬぐった。「私ってばかね。あなたの言うとおりだわ。あなたも一緒に来てくれるんでしょう？」

「ええ、もちろん。そして、もしあなたたちが泊まることになったら、私は帰ってきて、あなたたちが翌朝戻ってくるまで、ちゃんと留守番してるわ」

四日後の早朝、ベッツィに餌《えさ》をやったあと、三人はローズ・コテージをあとにした。

聖オールドリック病院に着くと、待合室はすでに込み合っていて、診察時間は遅れていた。三人は椅子にかけて待った。トレイシーは本を読み、カトリーナとモリーはまわりの人々を眺めながら。その間、モーリーン・ソームズが二度、ノートの束をかかえて通り過ぎた。白衣姿の彼女は美しいばかりか、とても医者らしく見えた。彼女が苦もなく男性の心を惹《ひ》きつけられることはカトリーナにもわかった。

やがてトレイシーが呼ばれた。モリーがついていき、残ったカトリーナはだれかが置いていった新聞をぼんやり眺めた。待合室の中は暑いくらいで、彼女はうとうとした。だがじきにモリーに起こされた。

「トレイシーは泊まることになったわ。教授の話では、心配するような問題ではなくて、ただ検査の結果を見てからトレイシーを帰したいからなんですって。私も泊まるわ。あなたはローズ・コテージに帰るのね?」彼女はまばたきして涙を抑えた。「ああ、カトリーナ、何事もなければいいんだけど……」

「もしあるなら、教授がちゃんとあなたに話しているはずよ、モリー。彼が信頼できる人だってことは、あなたもわかってるでしょう」彼女は財布を開けた。「これは帰りの列車の切符よ。それにもう少しお金もいるわね。トレイシーに、明日はミセス・ダイアーのお店へ行って、今までで一番大きなアイスクリームを買ってあげると伝えてね」

その夜、カトリーナはトレイシーとモリーのことを考えながらベッドに入った。それからモーリーンのことを考え、教授のことを思った。今ごろ、彼はどうしているのかしら？

一夜明けた翌日もよく晴れ、早朝のそよ風が優しかった。カトリーナは朝食をとり、コテージの中を片づけてから、特製の昼食を作りにかかった。トレイシーの大好きなベーコンエッグ・パイだ。つけ合わせはえんどう豆、いんげん、ベビーキャロットだ。畑にはまだいちごが残っている。生クリームを切らしていたのでミルクを使ってカスタードソースを作り、上にナツメグの実をすりおろしてかけ、キッチンの食料貯蔵室に入れておいた。ケーキとスコーンも焼いた。トレイシーたちが帰ってきたら、村へ自転車を走らせてアイスクリームを買ってこよう。レモネードも買ったものではなく、サーザ伯母ならそうしたように、本物のレモンを使って作った。キッチンテーブルに水差しとグラス、それに小麦粉に粉チーズをまぜて焼いた細長いペストリーの皿を置き、仕上げに歓迎の気持ちをこめてばらの花を飾った。

カトリーナは化粧もせず、髪をアップにする手間も省いて、ただ後ろで束ねてリボンを結んでいた。料理をしていたので、コットンのワンピースの上にブルーと白のチェックのエプロンをかけている。髪をまとめて軽く化粧をする時間があるかしら、と考えたが、時計を見てやめておいた。トレイシーたちが朝早い列車に乗り、ウォーミンスターからタクシーで帰ってくるとすれば、もういつ着いてもいい時間だ。

その予想どおり、彼らは着いた——トレイシーとモリー、そして教授が。

「ただいま」トレイシーはスキップしながらキッチンに入ってくると、カトリーナに抱きついた。「先生の車で帰ってきたのよ。それからね、私はだれにも負けないくらい健康だって。先生がそう言ったんだから!」

カトリーナはかがんでトレイシーを抱き締め、モリーにほほ笑みかけ、教授にはこんにちはと挨拶《あいさつ》した。私がきちんとした格好をしていないときに限って現れるんだから! 彼女はつい髪に手がいきそうになるのを、かろうじて抑えた。

「コーヒーを召し上がっていらっしゃる?」彼女は教授に尋ねた。

「ああ、もらうよ。犬を庭に入れていいかな?」

「どうぞ。犬たちに水をあげるわね。コーヒーも庭に持っていくわ」

三人はモスローズのそばのテーブルに落ち着いた。犬たちはうろうろ歩きまわり、トレイシーは帰ってきたのがうれしくて、ラズベリーを見に畑へ行った。

教授は長い脚を伸ばした。「トレイシーはずいぶんよくなってきた」彼はカトリーナにそう言うと、モリーにほほ笑みかけた。「君たちの住む場所を見つけることを考え始めなければいけないね。どこかいい学校があって、公園があるところだ。小さな庭も欲しいな。だが、まずはあと数週間はここにいることだ。カトリーナが承知してくれればね」

「あら、もちろん私はいつまででもかまわないわ」

「ここを出ていくのはきっとつらいでしょうね」モリーが言った。「でもトレイシーの病気がよくなって、どこかに静かでいい部屋を借りられたら……」

「きっとどこか見つかるさ」教授は気楽に言った。「僕も昼食をごちそうになってもいいかな?」

カトリーナは即座に答えた。「ええ、どうぞ。ベーコンエッグ・パイに、いちごのカスタードソースがけ、チーズ入りのペストリーくらいしかありませんけど。トレイシーにアイスクリームを約束したので、私はちょっと自転車でミセス・ダイアーの店へ行ってきてもかまわないかしら?」

「僕の車に乗せていってあげよう。その間に、ミセス・ウォードとトレイシーは落ち着けるだろう」

「落ち着ける?」

彼はカトリーナの質問を無視した。「もっといい考えがあるぞ。こんなにいい天気だから、歩いていこう。運動になるよ」彼はカトリーナを上から下までさっと見まわした。「僕たちみたいに体の大きい人間は、注意しないとすぐ体重が増えるからね」

カトリーナは絶句し、モリーは笑った。「カトリーナをからかっちゃいけないわ、グレンヴィル先生。彼女は今のままで申し分ないわ」

彼は笑い、立ち上がってコーヒーのトレイをキッチンへ運んだ。「さあ、村まで歩いていくぞ」

「庭に座って休んでいらしたほうが体のためだったでしょうに」カトリーナは不機嫌に言った。

教授は穏やかに応じた。「僕は三十九歳だ、カトリーナ。いい年になってきたけど、まだ庭の椅子にじっと座っているほどではないよ。君は僕を年寄りだと思うかい？」

カトリーナは道端に生えている丈の高い草を引き抜いた。「まさか、そんなこと。中年だとも思わないわ。ただ、お疲れかもしれないと思って」彼女は横目で彼を見やり、その顔になんともいえない表情が浮かんでいるのを見て、あわてて話題を変えた。「トレイシーは本当に治ったの？」

「いや、完治したわけではないが、症状がおさまる緩解には達したと思っている。その状態が何年間も続くことを願うばかりだ。ミセス・ウォードもそのことは理解している。だがトレイシーに知らせる必要はないと思うんだ。彼女はこれからも元気で生きられるだろう。それも幸せに、と僕は願っている」

「あの二人にとても親切になさっているのね」

「そういう人間は僕だけじゃないさ。ところで、この前のピクニックのあとで僕が帰るとき、君はなぜ怒ったんだい？」

カトリーナはそんな質問をされるとは思っていなかった。「私が？　怒った？　なぜ私が怒らなくちゃいけないの？」

「わからないよ。だからきいているんだ」カトリーナが答えないので、彼は言った。「いいよ、答えるつもりがないんなら」しばらく黙って歩いたあと、彼が尋ねた。「スタワーヘッドへ行ったことはあるかい？」

「ええ、もう何年も行ってないけど、サーザ伯母さまと以前に何度か。とてもきれいなところよね」

「そこで開かれる夜の野外コンサートのチケットがあるんだ。芝生で音楽を聴きながらピクニックだよ。今度の土曜だけど、行くかい？」

「行きたいわ。モリーとトレイシーも一緒に？」

「いや、君と僕だけだ。七時半ごろ、迎えに来るよ。何か食べるものを持ってくる」

「それはどうも。正装しなきゃいけないかしら？」

「何かすてきなものならなんでも。それに寒くなったときのために暖かいショールを」

「それなら、喜んでご一緒するわ」カトリーナはにっこりして彼を見上げた。「ほら、ここがミセス・ダイアーの店よ」

二人はカップ入りのアイスクリームをいくつか買って帰った。カトリーナはミセス・ダイアーの興味津々の目を避けるようにした。昼までに彼女が村じゅうになんと触れまわるか知れたものではないが、カトリーナはあまり気にならなかった。スタワーヘッドのことで頭がいっぱいだったからだ。

カトリーナが心をこめて作った昼食は、一つ残らずきれいに平らげられ、アイスクリームもほとんどなくなった。食事がすむと、教授は皿洗いを買って出た。モリーがトレイシーと一緒に農場へ卵を買いに行く約束をしたと言うので、カトリーナは仕方なく皿をふくことにした。

「皿洗いなんて、先生がする必要はなかったのに」

「いや、それが必要なんだよ。僕だって練習しないと……」

「練習？　どうして？」

「結婚した友人たちから、家政婦がいないときは夫が皿洗いをするものだと聞かされているからさ。だから、これはちょっとした練習なんだ」

カトリーナは皿を取り落とさないように慎重にふいた。「結婚なさるの？」

「そろそろしてもいいころだろう？」

カトリーナはそっけなく答えた。「結婚したければ、いつだって結婚できるんじゃないかしら」

「妻にふさわしい人が見つかればね」

「でも、見つけたんでしょう？」カトリーナはぶっきらぼうに言った。「それならぐずぐずずすることはないわ」ちょっと間をおいて、思いきって口に出した。「私の知ってる方？」

「ああ、知ってるとも。お茶までいていいかな？」

はっきり言われてしまった。やんわりと言う気遣いさえないのね。「いてくだされば、みんな大喜びだわ」カトリーナはつんとして答えた。

彼は帰りを急がなかった。お茶を飲んだあともしばらくくつろいでから、やっと腰を上げた。

「気をつけてお帰りになってね」カトリーナは彼を車まで送っていきながら言った。帰ってほしくないと思う気持ちと、早く帰ってほしいと思う気持ちの間で揺れ動いている。こんな落ち着かない気持ちにさせられるのも彼のせいだわ。

車まで来ると、彼は立ちどまった。「昼食とお茶をごちそうさま。楽しかったよ。土曜日には出かけられるようにちゃんと支度しておくんだよ」

彼はカトリーナの頬にキスして車に乗り、ジョーンズを助手席に、バーカーを後部座席に乗せて走り去った。カトリーナはテールライトが消えていくまで見送った。彼は夜をどう過ごすのかしら？

ただ、出かけるだけよ。そんなに大騒ぎすることないわ。カトリーナはそう自分に言い聞かせたものの、土曜は朝から雨になるのを心配して空を見上げてばかりいた。そして、できる限り早く家事をすませ、買い物に行き、トレイシーとモリーの夕食を用意すると、自室に引きこもって爪にマニキュアし、髪を洗って、着ていくものを選びにかかった。

教授は〝何かすてきなもの〟と言ったので、彼女はクローゼットの中をかきまわして、二、三年前に友人の結婚式に着ていった、きれいなばらの花模様のドレスを見つけた。半袖《はんそで》で、ぴったりとした身ごろから丈の長いスカートが広がっている。引き出しの中からサーザ伯母のものだったモヘアのストールも見つけた。流行の最先端をいくというわけにはいかないが、人込みの中ではいちおう合格だろう。それに、過ごす時間のほとんどは薄暮の中だ。

「まあ、カトリーナ、すごくきれいよ。みんなの注目の的になるわ」モリーが言った。

カトリーナはうぬぼれてはいなかったので、まさかそんなことはないだろうと思ったが、教授にはせめてドレスをほめてほしかった。

彼は時間どおりにやってきて、礼儀正しくドアをノックして入ってきた。

「こんばんは。今夜は野外コンサートにはぴったりの天気だね」そう言ってから彼はつけ加えた。「とてもいいよ、カトリーナ。じゃ、行こうか？」

トレイシーが彼の袖を引っ張った。「とてもきれいよね？」少女は念を押すように言った。「新しいドレスじゃないけど、きれいよね？　カトリーナは髪も洗ったのよ」

モリーがあわてて言った。「トレイシー、静かになさい」

カトリーナは穴があったら入りたい気持ちだった。

「とてもすてきなドレスだ」教授はまじめに応じた。「カトリーナはシンデレラみたいだね」

トレイシーがうなずいた。「そうよ、そうよね。ただ、王子さまがいないけど……」

「バーカーとジョーンズはお宅に置いていらしたの？」カトリーナは妙に甲高い声で言った。

「ああ。あいつらが音楽を楽しむとは思えないからね。それに疲れているんだ。長い散歩に行って、羽をけがしたレース鳩《ばと》を見つけたんだよ。その話はいつかしよう」

「その鳩、おうちに連れて帰ったの？」

彼は知りたがりの小さな顔を見下ろした。「もちろんだよ。折れた羽に添え木を当ててやった。元気になったら、自分のうちへ帰っていくだろう」

車の中で、教授は穏やかな会話を絶やさなかったので、カトリーナはだんだんと楽しい気分になってきた。シンデレラみたいだとからかわれたくらいで恥ずかしがるなんて、私、どうかしてたわ。

三十キロほどの短いドライブだったが、教授は急がなかった。車を駐車場に入れたあと、二人は湖を囲む芝生に入っていく人々の流れに加わった。

そこは美しかった。二人は巨木に囲まれた音楽堂が正面奥に見える静かな場所を見つけた。湖にはあひるや白鳥がいた。音楽堂のそばの鉄の橋まで行けば魚も見ることができる。幸運を祈ってか、人々はそこからコインを投げ入れた。湖を一周するには小一時間かかるが、岩屋やアポロの神殿も見てまわるなら、倍の時間がかかるだろう。教授と一緒にその散策道を歩けたらどんなに楽しいかしら、とカトリーナは思った。

彼はカトリーナが腰を下ろせるように敷物を広げ、持ってきたピクニックバスケットを置いた。そして彼女の横に脚を伸ばして座ると、プログラムを差し出した。「大半がモーツァルトとマドリガルだ。それにディーリアスが少しと」

コンサートが始まると、二人は静かに座って聴いた。休憩を合図に、聴衆はピクニックバスケットを広げ、あたりを散策し、友人たちと挨拶を交わし合った。教授がバスケットを開けた。薄いブラウンブレッドにスモークサーモンを挟んだサンドイッチ、細かく切ったチキンを挟んだ小さなパンケーキ、チーズとクラッカー、サラダ、カスタードクリーム、チョコレート・スフレ、トライフル。そしてクーラーボックスに入った白ワインと魔法瓶に入ったコーヒー。食後のミント菓子まであった。

演奏が再開されると、二人は並んで座り、無言で聴き入った。教授の腕はカトリーナの肩にまわされていた。コンサートが終わると、夜空に星と月が輝いていた。聴衆はゆっくりと荷物を片づけ、車へ戻っていった。教授とカトリーナは最後のほうになったのでスプレッド・イーグルというパブのそばの駐車場はほとんどからだったが、二人ともレディ・

トラスコットの車には気がつかなかった。その中にモーリーン・ソームズが伯母と一緒に乗っていたことも。

二人がローズ・コテージに着いたのは真夜中だった。車を降り際、カトリーナは言った。

「すてきな夜だったわ。ありがとう。それにお弁当も……ミセス・ピーチによろしくね」彼女は教授の横顔をちらりとうかがった。「明日はお休みなんでしょう？　お宅に着くころにはずいぶん遅くなってしまうわ」

彼はそれには答えず、車を降りて助手席にまわり、ドアを開けた。

「いつも思うんだけど、楽しい夜の締めくくりはお茶がいいね」

「飲んでいらっしゃる？」カトリーナは軽い足取りで車を降りた。夜がまだ終わっていないのがうれしかった。彼と一緒にいるのは楽しい――いいえ、それ以上だわ。幸せなのよ。彼と一緒にいると、小さな疑いも悩みもすべて消えていくようだった。

二人がそっと家に入ると、ベッツィがバスケットで眠っていて、テーブルには朝食のマットが敷かれていた。教授はやかんを火にかけ、カトリーナはマグと砂糖とミルクを出した。

「この前のお茶のときのケーキはおいしかったな」教授は言い、カトリーナがそれを出すと、大きなひと切れを平らげた。

やがて、急ぐでもなく、彼は腰を上げた。そしてカトリーナが車まで送っていこうとすると、戸口で言った。

「いや、ここでいい。僕が出ていったら、すぐにドアに鍵《かぎ》をかけるんだよ」彼はカトリーナを見下ろして立っていた。「明日もいい一日でありますように」

教授がそう言うと、彼が言う言葉に漠然とした期待を抱いていたカトリーナはがっかりした。

彼女はやや堅苦しく応じた。「あまりお忙しくない一週間でありますように。今夜は本当にありがとうございました、先生」

「サイモンだ」彼はそう言うと、顔を近づけてカトリーナにキスした。おやすみの軽いキスでも、儀礼的な挨拶のキスでもない、彼女の胸を燃え立たせる情熱的なキスだった。

こんなことしちゃいけないのよ。カトリーナはベッドにもぐり込みながら自分に言い聞かせた。彼はこれから結婚する身よ。私たちはよく知り合ってもいないのに。

それでも、翌朝、彼女は幸せな気持ちで目覚め、トレイシーとモリーにスタワーヘッドのコンサートの模様をこと細かに語って聞かせた。それから三人は教会へ行った。

モーリーンと出くわしたのは、教会を出ようとしたときだった。カトリーナは儀礼的に挨拶だけして通り過ぎるつもりだったのだが、モーリーンが腕に手をかけて引きとめた。

「スタワーヘッドのコンサートはすばらしかったわね」モーリーンは言った。「私、最初から最後まですっかり楽しんだわ。サイモンがあなたを連れていくことにしてよかった――

私が領主館《マナーハウス》のみんなと先約があるからと断ったとき、彼、がっかりしていたのよ。彼も私も音楽が大好きだから残念だったんだけど、ミセス・ピーチのお弁当が無駄にならなかっただけでもよかったわ」

カトリーナも負けていなかった。「彼女のお料理は最高よね。楽しい夜だったわ。お天気もよかったし。また週末を過ごしにいらしたの？」

「ええ。夕方、迎えに来てもらうのよ。本当にうかつだったわ。サイモンに時間があるとわかっていたら、お友達との昼食を断っていたのに。でも、まだ今夜があるから」

カトリーナは落ち着いて言った。「そうね。月曜日はまた仕事で忙しくなるんでしょう？」モーリーンのほほ笑みを見て、彼女は歯を食いしばった。

「ええ、そうよ。でも、仕事ばかりじゃないわ。わかるでしょう？」モーリーンは周囲を見まわした。「よくこんなところに住んでいられるわね。たぶん、ほかの場所に住んだことがなければ、あきらめがつくんでしょうね」

「決してあきらめてじゃないわ」カトリーナは言った。「ここに住む人には時間の余裕があるのよ。もう失礼するわ。トレイシーがおなかをすかせているでしょうから」

「ああ、サイモンが言っていた例の子ね。あんな変な帽子をかぶって、ばかみたい」

いきなり、カトリーナは言った。「あなた、それでも本当の医者なの？　さようなら」

ローズ・コテージまでの帰路、カトリーナはモリーの静かなおしゃべりに機械的に相づちを打ちながら、内心は煮えくり返る思いだった。どうして教授はあんなひどい女性を愛せるのかしら？　好きになるのさえ、無理じゃないの？　それに、なぜ彼は正直に、モーリーンをスタワーヘッドに誘ったけれど断られたから私を誘ったと話してくれなかったの？　私なら気にしなかったのに。

いいえ、気にしたわ。カトリーナはそう認めないわけにはいかなかった。でも、彼と出かけるのもこれまでよ。もし彼がまた来たら、口実を作って家を留守にしよう。もし彼が望むなら、モリーが彼に食事を出せばいいわ。どうせ彼が来るのはトレイシーを診察するためなのだから……。

7

モリーとトレイシーが住むところが見つかりさえすれば、数週間後にはロンドンへ戻ることになるだろうと教授は言っていた。それはカトリーナにとって、もう一度自分の将来を考えなければならないという警告でもあった。

彼女はモリーとトレイシーにウォーミンスターで買い物をさせておいて、自分は図書館へ行った。カトリーナはついていた。主任司書は彼女を忘れてはいなかった。そのうえ、来月パートタイムの助手にあきができるという話をしてくれた。勤務は週に三日で、賃金は安かったが、なんとか暮らしていけそうだった。これは第一歩よ、とカトリーナは思った。勉強して試験に受かれば、正式の司書になれる。運がよかったわ！

二週間後、教授の秘書からの手紙に従って、トレイシーとモリーはまたロンドンへ出向いた。カトリーナは家に残り、久しぶりに村の友人たちを訪ねてまわった。

ドクター・ピーターズ夫妻とお茶を飲みながら、彼女は将来の計画について少し話した。

「それはとてもよさそうね、カトリーナ」ミセス・ピーターズが言った。「少し退屈かもしれないけど、すてきな若い人たちに出会えるわ――図書館にはたくさん人が来ますもの。でも、トレイシーたちがいなくなったら、あなたは寂しくなるわね」

「ええ、きっと。でもトレイシーがふつうの生活ができるくらい元気になったなんてすばらしいわ」

ドクター・ピーターズが言った。「グレンヴィル教授はたいした男だ。たくさんの患者を回復させている。自分のクリニックや、いろいろな病院をまわっての診察で目がまわるほど忙しいのにな。この前の夜、私と家内は領主館《マナーハウス》にお邪魔したんだがね、レディ・トラスコットの話では、彼女の姪《めい》がグレンヴィル教授の研究室で働いているそうだ。あのお嬢さんを覚えているだろう、カトリーナ？　いい友人同士だというが、実のところ、レディ・トラスコットは、あの二人が友人同士というよりはもう少し深い関係にあるとほのめかしていたよ。確かに、あのお嬢さんは魅力的だ」彼はケーキをひと切れ頬張った。「いずれにしろ、グレンヴィル教授は結婚してもいいころだよ」

カトリーナは明るく言った。「きっとお二人にはたくさん共通点があるんでしょうね……」

「だからといって、私があのお嬢さんを好きかといえば、それほどでもないわ」意外にも、ミセス・ピーターズが言った。「温かみがないのよ。わかるかしら？　彼女はそれはお似合いの奥さんになって彼のお金を使うでしょうけど、そんなことは彼にとってなんの役にも立たないわ。そうじゃない？　彼に必要なのは愛情深い妻よ」

ドクター・ピーターズは笑った。「君のようにかい？」

「ええ、私のように」

そう、私のように、とカトリーナは思った。突然、ある思いが浮かび上がり、彼女の頭の中はそれしかなくなった。なんて不思議なのかしら。今まで教授に対して抱いていたのとはまったく異なる感情を、こんなにもはっきりと感じるなんて。〝なんとなく嫌い〟が、いつ〝愛している〟に変わったの？　そして、なぜ今までそれがわからなかったのかしら？　今さらわかったところでどうなるものでもないのに。

その夜、一人座って、カトリーナはそれについて考えた。胸が高鳴ったけれど、悲しくもあった。彼女の愛からは何も生まれないからだ。心を強くして、彼とモーリーンの婚約のニュースを聞かなければ。

「私に図書館の司書という仕事が待っていて、本当によかったわ」彼女はベッツィに言った。

彼女は夜中に目が覚め、教授はトレイシーとモリーを送ってくるかしらと思った。トレイシーはまた病院にひと晩泊まっている。カトリーナは教授に会いたくてたまらなかった。でも、冷静に接することを忘れてはだめよ。愛想よく、だけどクールに。難しいけれど……。

彼女は朝早く起き、朝食をすませると、昼食の支度に取りかかった。教授が来た場合に備えて、どの料理も少し多めに作った。そして髪を整え、きれいに化粧することも忘れなかった。

昼過ぎになって、ようやく二人が帰ってきた。

「列車に乗り遅れちゃって」モリーが言った。「でもね、トレイシーの次の検診は三カ月後でいいんですって。すばらしいニュースでしょう？　それに、三週間後には引っ越せるフラットが見つかったの」

親子は先を争って話しだした。カトリーナは期待がはずれてがっかりしたものの、二人のために喜んだ。

「そのフラットを見てきたの？　場所はどこ？」

「まだよ。先生が迎えに来て、土曜の午後に見に連れていってくださるの。すてきでしょう？　それに社会福祉局が家具をくれるんですって。私、ちょっとはお金をためていたから、それでカーテンとラグの一、二枚は買えるわ」

それから一時間ほど、新居の家具について話しながら、カトリーナはひそかに心に決めた。土曜日は教授に会わないようにコテージを留守にしよう。

「教授があなたたちを迎えに来るのは何時？」

「朝の九時よ。コーヒーも何もいらないから、すぐに出かけられるようにしておきなさいって」

カトリーナはふだんから早起きだが、土曜日はいつもよりさらに早く起きた。

トレイシーたちが身支度をすませて、教授を待ちに階下に下りてくると、カトリーナは唐突に言った。「ああ、忘れてたわ。私、農場にチキンを買いに行ってこなくちゃ。これからさっそく行ってくるわね、あまり暑くならないうちに。出かける時間までに私が帰ってこなかったら、戸締まりをしていってね。鍵《かぎ》の場所は知ってるでしょう、モリー？　じゃ、楽しんできて。帰ったら、話を聞かせてちょうだい」彼女はいかにもさりげない口調でつけ足した。「私、午後にミセス・ピーターズに会いに行く約束があるの。もし私が帰っていなかったら、先生にコーヒーを差し上げてね——飲みたいとおっしゃれば」

チキンを買ったあと、カトリーナは念のため、教会の時計が十時を打つまで野原の木陰に座って時間をつぶした。それからローズ・コテージに戻ってくると、ベントレーが外にとまり、教授が門によりかかっていた。

「おかえり」彼は陽気に言った。「ミセス・ウォードがコーヒーをいれてくれている。飲んだら出かけよう」彼はカトリーナのドレスに目をやった。「きれいだよ。着替えなくていいからそのまま行こう」

「私は行かないわ」胸の鼓動が彼に聞こえなければいいけれどと思いながら、カトリーナは言った。「畑仕事があるし、チキンも料理しなきゃならないし、ミセス・ピーターズと約束が……」

彼はカトリーナのために門を開けた。「カトリーナ、君が一緒に来ると言ってくれるまで僕たちは出かけないよ。トレイシーががっかりするだろう」

彼があまり近くに立っているので、カトリーナはどぎまぎした。「ええ、でも……私が説明すれば、きっとわかってくれるわ」

「いや、だめだ。僕のことはいないと思ったらどうだい？　そうしたければ、完全に僕を無視すればいい。そしてもう少し機嫌がよくなったら、なぜ僕を避けるのか教えてくれ。とにかく今は、急いでチキンをしまっておいで。それからコーヒーにしよう」

「でも、髪が……」

「すてきだよ。でも、きちんと見えなければいやなら、アップにしておいで。五分あげるから」

優しく、ちょっとだけからかうようにほほ笑みかけられ、カトリーナは息をのんだ。それ以上口実も思いつかなかったので、言われたとおりにするしかなかった。

三十分後、四人は出発した。モリーが教授の隣に座り、カトリーナとトレイシーは後部座席に座った。ロンドンに近づくと、教授は市内の中心部を横切ってボウまで行った。本通りは騒がしく、商店は小さくて、たいがいはみすぼらしかったが、本通りに続く狭い通りには手入れの行き届いた住宅が並んでいた。ほとんどが小さな家だったが、中には三、四階建てのビクトリア朝様式の家もあった。教授はそんな通りの一つを進み、やがて、柵（さく）で囲われた狭い土地に面した一軒の家の前でとまった。

地下はなく、前庭もなかった。だが玄関ドアを開けたところはホールになっていて、片側に階段と、そのそばに玄関よりは小さなドアがついていた。教授はポケットから鍵を取り出してそこを開け、ほかの三人を中に入れた。

そこは狭いホールで、ドアが突き当たりに一つと、横の壁に二つあった。手前のドアを開けると、通りを見晴らす出窓のついたかなり広い部屋になっていた。壁は淡い黄色の水性塗料で塗られ、暖炉には小さな電気ヒーターがおさまっている。

モリーはあたりを見まわした。「ここは寝室と居間兼用の部屋かしら？」

「いや。こっちへ来てごらん」教授は先に立って突き当たりのドアへ向かった。そこは前の部屋より狭く、窓から小さな庭が見えた。トレイシーの喜びの声に、彼は答えた。「そうだよ、庭も君たちのものだ。来てキッチンを見てごらん」

キッチンは細長い小部屋でしかなかったが、棚と食器戸棚が造りつけになっていた。ここにも小さな窓があり、庭に出るドアがあった。キッチンの奥のバスルームは設備は簡素だったが、ガス瞬間湯沸かし器があり、小さな洗面台もついている。

モリーはトレイシーの肩を抱いた。「夢みたい。たとえ現実でも、私にはとても手が届かないわ」

「庭へ出てみよう」教授はキッチンのドアを開けて言った。柵で囲まれたとても狭い庭だったが、カトリーナは素早く視線を走らせ、心の中でさっそく植え込みを始めていた。伸びすぎた低木が何本かと、ばらの株も一つ、二つある。それはただちょっと手入れをしてやればいいだけだから……。

「気に入った？」教授がモリーにきいた。

「ああ、先生、それはもう……ただ、さっきも言ったように、家賃が高すぎるでしょう」

「社会福祉局が要求している額はとても手ごろだよ。それに、必要な家具を買ったり、光熱費の足しにする補助金も出る。歩いて五分のところにはいい学校もあるし」

「私、働きます。前にもそうしてたんです――掃除の仕事を」

「それなら僕と一緒に来て、手続きをしてしまうかい？」

「先生にはなんとお礼を言っていいか……」

「トレイシーはとても勇敢に病気と闘った。君たちはごほうびをもらって当然だよ、ミセス・ウォード。行く前に、もう一度よく見たいかい？」

カトリーナはほかの三人がフラットの賃貸契約の書類を整えに行っている間、モリーの幸せそうな顔とトレイシーのわくわくした様子を思い浮かべながら、車の中で待っていた。教授はただ親切だというだけではない。モリーたちのためにかなりの労を費やしながら、それについてはおくびにも出さなかった。きっとほかの患者に対しても同じように接しているんだわ。彼についてはまだ知らないことがたくさんある。ご両親は健在なのかしら？　兄弟姉妹はいるの？　その人たちはどこに住んでいるのかしら？　教授は自分の話をしたことがなかった。ごくたまに仕事の話をするだけ。でも、彼に友人が多いのは間違いなさそうだ。

カトリーナは彼についてもっと知りたくてたまらなかった。彼が私を好きになってくれる望みはまったくないとしても、せめて彼のことをもっと知っていれば、思い出すよすがになるもの……。

やがて、三人が車に戻ってきた。モリーとトレイシーは、カトリーナにも一緒に喜んでもらいたくて、一度にしゃべりだした。親子がようやくひと息つくと、教授は穏やかに、あとは食事をしながらゆっくり話してはどうかと言い、車をロンドン北部のイズリントンへ走らせた。その町のはずれの狭い通りにある小さなレストランの前で彼は車をとめた。

その店は半分ほど席が埋まっていて、明るく、さわやかな雰囲気だった。白いテーブルクロスの上に花を生けた小さな花瓶と、ぴかぴかに磨き上げられたナイフとフォークがセットされている。ちょうどぴったりだわ、とカトリーナはメニューを見ながら思った。モリーとトレイシーが気後れするほど高級ではないけれど、お祝いの食事をするには、ほどよいくらい上品な店だ。

食事は楽しかった。たくさんのデザートをのせたワゴンがやってくると、いっそう盛り上がった。あまりに種類が多いのでトレイシーはどれにするか決められず、ウエイターに少しずつ何種類かを食べてはどうかとすすめられた。

どうやって、そしてなぜ、自分が帰りの道を教授の隣に座ることになったのか、カトリーナはわからなかった。車の中ではほとんど言葉を交わさなかったので、彼が話をしたかったからというわけではなさそうだ。まだ話し足りないモリーとトレイシーが今後のことを話せるように一緒に座らせようという配慮からかもしれない。カトリーナは静かに座って、ハンドルを握る彼の手を見つめていた。そして何か気のきいたことを言って沈黙を破ろうと頭をひねったが、それは無駄に終わった。彼が静かにこう言ったからだ。「話す必要はないよ、カトリーナ」

そのひと言で、彼女はぴたりと口をつぐんだ。

ローズ・コテージに着くと、カトリーナは凍りつくほど冷たい声で教授をお茶に誘った。だが彼は朗らかに断り、モリーとトレイシーにさようならを言った。「そのうちまた」カトリーナの肩を兄のように軽くたたくと、彼は帰っていった。

おそらく礼儀上そう言っただけで、これでさようなら、という意味だろう。彼がまた来る理由はないもの。トレイシーたちを受け入れたことで感謝はしてくれたかもしれないけれど、二人を下宿させたのは、彼と私の両方に都合のいい取り決めだった。それだけのことだわ。大人になりなさい。分別のある女性になって、愚かな小娘みたいに振る舞うのはやめるのよ。カトリーナはそう自分に言い聞かせ、トレイシーたちがロンドンへ戻るのに向けて準備に没頭した。

村にはさっそくこのニュースが広まり、ほかにこれといった事件もなかったので、一、二週間は親子の引っ越しに関心が集まった。親切なミセス・ピーターズは、二人のためにささやかなティーパーティーを開き、母の会はモリーに新しい家で使う刺《し》繍《しゅう》入りのテーブルクロスを、トレイシーには人形を贈った。モリーはそのプレゼントを手にローズ・コテージに帰ってくると、カトリーナに抱きついて泣いた。「みんな、とても親切で……」彼女はしゃくり上げた。「私、本当に幸せだわ」

「あなたはこの村にたくさんの友達ができたんだもの」カトリーナは元気づけるように言った。「休みたくなったら、いつでも遊びに来て。明日はウォーミンスターにカーテン用の半端生地を探しに行かない？　なかなかいいのがあるのよ。できるうちになんでもそろえておいたほうがいいわ、モリー」

親子が出発する日が来た。教授はあれ以来姿を見せず、連絡もなかった。二人はウォーミンスターまでバスで行き、そこから列車に乗ることになっていた。カトリーナは二人が無事に列車に乗るまで一緒に行って見届けるつもりだった。ロンドンまで行ってもいいと言ったのだが、モリーが断ったのだった。「気を悪くしないでね。私たち、二人で始めたいの――トレイシーと私だけで。荷物をほどいたり、ベッドの用意をしたり、食事を作って食べたり……わかってもらえるかしら？」

「ええ、わかるわ、モリー。私があなたでもそうしたいと思ったはずよ。ただ、困ったときにはきっと知らせると約束してね」

スーツケースを階下に運び、カトリーナが忘れ物はないかとチェックしているとき、ドアにノックの音がした。

サイモンだわ、とカトリーナは思った。彼のことを二度とそんなふうに思ってはいけない、常に教授として考えようと決心したのも忘れ、ドアへ飛んでいった。そこに立っていたのはピーチだった。

「ピーチ……まあ、お久しぶり！　どうぞお入りになって」彼女はピーチを居間に通した。それ以上、何を言っていいのかわからなかった。

「おはようございます、お嬢さま。教授の言いつけで、ミセス・ウォードとお子さんを車でフラットまで送りに参りました。教授はうかがえませんもので。ロンドンまではかなりの道のりですし、着いたとき、多少なりとも手伝いが入り用になるでしょうから」

「ピーチ、ご親切にありがとう。コーヒーを飲んでいらしてね、すぐにいれますから。五分くらい休んでもいいでしょう？」

モリーとトレイシーを呼んでピーチに紹介すると、カトリーナはコーヒーをいれに行った。いかにも教授らしい配慮だわ。これで、長くて疲れる列車の旅が楽しいドライブになるだろう。ミルクを温めながら、カトリーナは考えた。サイモンは何をしているのかしら？　ピーチは彼が来られないからと言ったけれど、病気なのかしら？　それとも休暇でお出かけ？　それとも病院で忙しい？　彼が病気かもしれないと思うだけで気分が悪くなりそうだった。いいえ、彼は絶対に病気なんかしない人よ、と自分に言い聞かせて、カトリーナは気持ちを落ち着かせた。

ほどなく、ピーチは荷物をトランクに積み込み、カトリーナがビニールの袋に、卵やバターやミルクやパンを詰めるのを辛抱強く待った。食料貯蔵室はからになったが、それはあとからまた補充できる。

彼女はモリーに別れを告げ、トレイシーを抱き締めた。親子が乗り込んだ車はローバーだった。まさか、サイモンは二台も車を持っているんじゃないでしょうね？　彼女はピーチにきいてみたかったが、結局やめておいた。

みんなが行ってしまうと、コテージはひどくがらんとした感じがした。カトリーナは二階へ行き、シーツやタオルを集めて洗濯機に入れてから、部屋の大掃除にかかった。何かせずにはいられなかった。そして、もうモリーに話しかけることはできないので、ベッツィに話しかけた。そのあと、彼女は自転車に乗って村へ行き、図書館の司書に電話した。

司書の話では、パートタイムのほうは九月になるまであきがないが、司書の一人が来週から休暇に出かけるので、カトリーナはその日から少しの間フルタイムで働けるということだった。

私って運がいいのね。カトリーナはコテージに帰ってくると、シーツとタオルを外に干してから、ドクター・ピーターズの診療所を訪ねた。彼の家に誘われてお茶を飲みながら、彼女は自分の計画を話した。

「本当に運がよかったわ」カトリーナは明るく言った。「図書館で働くのはきっと楽しいでしょうし。来週からは二週間だけだけど、九月からのパートタイムは私にぴったりよ」

その夜、カトリーナは座って計算をした。モリーたちの下宿料の最後の小切手はこれから送られてくるだろう。だがこれまでの分から貯金できたお金はまったくない。少しでも余れば、トレイシーのためにあれこれ買って使ってしまったからだ。でも、図書館から賃金をもらうまでの生活費は財布に残っている。私の将来は心配ないわ――カトリーナは自分にそう言い聞かせ、そのことをじっと考えながら、いつまでも座っていた。涙が頬をぬらした。

朝になると、いくらか気分はよくなっていた。決して手に入らないものを夢見て時間を無駄にするなんてばかげてますよ――サーザ伯母のそう言う声が聞こえてきそうだった。そこで、カトリーナは家じゅうを掃除し、何時間も畑仕事をし、様子を尋ねる友人たちには一様に、図書館で働くのが楽しみだと答えた。そして実際、月曜日に図書館へ行ってみると、そこでの仕事を楽しんだ。

とはいえ、見習いなので仕事は単純極まりなかった――棚に本を戻したり、郵便物を開封したり、朝のコーヒーをいれたり。パソコンはさわったこともなかったが、カトリーナは頭がよく、のみ込みが早かったので、その週の終わりには操作をマスターしていた。主任司書は彼女を温かく迎え入れてくれたものの、あとの二人の若い女性司書は先輩風を吹かせて仕事を言いつけた。それでもカトリーナは気にしなかった。とにかく、仕事に就けたんだから……。

そんなとき、モリーから手紙が届いた。文面から幸せがあふれ出ていた。

〈フラットは言うことなしよ。家具は思っていた位置におさまったし、カーテンもぴったり。それに、何枚かラグを買ったの。ピーチは一時間以上いて手伝ってくれたわ。トレイシーは自分の部屋ができて大喜び。まったく申し分のない生活よ。それで、あなたはいつ遊びに来てくれるの、カトリーナ？〉

カトリーナは、図書館の仕事は二週間で終わるので、そのあとの日曜日に行くと返事を書いた。ロンドンに出かけるとなれば、そのぶん、貯金できたはずのお金を使うことになる。けれど、訪ねると約束していたし、家具の入ったモリーの新しい家も見たかった。

二週目の終わりに、カトリーナは図書館のスタッフに九月までの別れを告げた。そして土曜日は、たまっていた家事を片づけ、必要な買い物をし、モリーへの土産にする卵を買いに行った。彼女はバスケットに、移植ごてと、さし木用に庭から切り取った枝や切り穂、トレイシーにチョコレートと卵を詰め、翌朝の用意を万全にしてから、ベッツィとともに早めにベッドに入った。

翌朝、ちょうどカトリーナがバスに乗るために家を出ようとしていたときだった。出発前に二階の窓が閉まっているかどうかを調べに行くと、窓からベントレーが門の前にとまっているのが見えた。教授がゆっくりと小道をやってくる。

カトリーナは階下へ飛んでいってドアを開けた。

「入っていただくわけにはいかないわ」彼女はあたふたと言った。「私、バスに乗るところなの。モリーとトレイシーに会いに行くので」

「おはよう」教授のその言い方には、かすかに非難がこもっていた。

「ああ……おはようございます……」カトリーナは言い足した。

「それでいい。一瞬、君は僕に会うのがうれしくないのかと思ったよ」

「そんな、うれしいに決まってる……」

カトリーナはそれを言うべきではなかった。彼がたくましい腕でさっと抱き寄せ、キスしたからだ。優しく、性急さのかけらもないキスだった。カトリーナはいつまでも続いてほしいと思ったが、そうはならず、彼はてきぱきと言った。「さあ、行こうか」

「行く？　どこへ？　私、バスに乗り遅れるわ……先生が村まで車に乗せていってくださるなら、まだ間に合うけど」

彼はベッツィを抱き上げ、かまっていた。「ミセス・ウォードは昼食を用意して僕たち二人を待ってくれている。僕の家に寄ってコーヒーを飲んでから出かけよう」教授が魅力たっぷりにほほ笑んだので、カトリーナの心臓はどきんと跳ね上がった。「僕は今日一日、休みなんだ」彼は猫を下ろすと、戸口にあったバスケットを持ち上げた。「行こう」

たとえいやだったとしても、選択の余地はなかった――しかも、カトリーナはいやではなかった。教授がドアに鍵をかけ、その鍵をドアの上の隠し場所に置くまで彼女はおとなしく待っていた。彼が助手席のドアを開けると、後部座席にいたバーカーとジョーンズがうれしそうにカトリーナを迎えた。教授が乗り込み、ベントレーが滑るように走りだす。二匹の犬たちも静かになった。

しばらくして、カトリーナはなんとか冷静に声を抑えて言った。「予定がすっかりおかしくなってしまったわ」

「ああ、それが人生というものさ」教授は明るく、のんきに言った。「予定は変わるものなんだ。ミセス・ウォードから便りはあったかい？」彼女はとても満足しているようだったよ」カトリーナのいぶかしげな顔を見て、彼はつけ加えた。「君から便りがあったときは僕に電話してほしいと彼女に頼んでおいたんだ」

「どうして？」

「君という人を見つけたから、見失いたくないんだよ、カトリーナ」

カトリーナはどう答えていいのかわからなかった。彼の声の何かが、冗談を言っているのではないことを確信させた。でも、冗談ではないなら、いったいどういう意味なの？けれど見たところ、彼は答えを期待していないようだった。

「図書館の仕事は気に入ってるのかい？」

「とても。九月の初めからまた始めるの。夏は庭仕事が忙しいから、ちょうどいいわ。ミセス・ダイアーが私の売りたい野菜をみんな引き受けてくれることになったのよ」お金に困っていると思われてはいけないので、彼女はあわててつけ加えた。「無駄にするのは惜しいから」

ガーデニングは安全な話題だった。彼もあえてそれを変えようとはしなかった。車が彼の家の前に着いたとき、カトリーナはほっとした。だがまだボウまでのドライブがある。今度は何を話せばいいのかしら？　ピーチの温かい会釈に応《こた》えながら、彼女は考えた。

二人は客間でコーヒーを飲み、その間、犬たちは庭を走りまわった。「バーカーとジョーンズも一緒に来るの？」カトリーナは尋ねた。

「ああ、トレイシーが会いたがっているから。カトリーナ、今夜、僕と食事をしてくれるかい？」彼はにっこりした。「ここで……それに、あまり夜遅くにはならないよ。君が早くベッツィのところに帰りたいのはわかっているから」

「ありがとう。そうさせていただくわ」カトリーナは心配そうにつけ加えた。「私、先生

みたいじゃないの……。

「いや、もっと大切なことなんてないよ、カトリーナ」彼はなおもほほ笑んでいたので、カトリーナは頰が熱くなるのを感じ、いら立たしげに目をそらした。まるで内気な女学生みたいじゃないの……。

ロンドンへの道中、カトリーナが何を話すか心配する必要はなかった。話さなくてもなんでもないことがわかったからだ。二人とも黙ったままでいても心地よかった。そして、たまに、まるで古い友人同士のようにちょっと言葉を交わした。ロンドンが近づいてきたのが残念なくらいだった。

道路は比較的すいていて、モリーのフラットの前の道は静かだった。彼女とトレイシーに温かく迎えられ、カトリーナと教授は心から歓迎されていると感じた。バスケットが開けられ、教授のプレゼントの白ワインが冷蔵庫に入れて冷やされた。そのあと、四人は家の中をひとまわりした。

モリーは狭いフラットを心地よい我が家に作り替えていた。家具は安物で、セットになったものは一つもなかったが、どれもよく磨かれている。きれいなクッションがいくつか、それにカーテンは大成功だった。カラフルなラグが床に敷かれ、テーブルには花が飾られ、トレイシーのベッドサイドにはきれいなランプがあった。

「すばらしいわ」カトリーナは言った。「これだけのものにするのは大変だったでしょう。

もう何年も住んでいるみたいに居心地がよさそうね」

モリーは満面に笑みを浮かべた。「本当にそう思う？　私、仕事ももう見つけたのよ——トレイシーの学校で。ちょうど給食の調理係を募集してたの。歩いて五分のところだし、トレイシーがきちんと食べているかどうかもわかるわ。さあ、食事を召し上がって。でも、まずは乾杯ね。お祝いだもの」

三人は白ワインを飲んだ。教授はこれを持ってきてよかったと思いながら飲み干した。その様子はいかにもうれしそうだった。

「このワイン、とってもおいしいわ」モリーが言った。「私が分相応に生協で買ったのよりずっとおいしい」

カトリーナはトレイシーの相手をする教授を見ていた。なんてすばらしい男性なのかしら。彼はだれといてもくつろいでいる。自分の話はせず、疲れを見せることもない。でも、彼には別の一面もあるわ。カトリーナは一、二度、彼のそういう面をかいま見たことがあった。彼は自分の流儀を持ち、それを変えられるのは好まない。この人を怒らせたら、きっと怖いだろう。不意に彼が顔を上げてほほ笑みかけたので、カトリーナもほほ笑み返した。もし自分の気持ちが顔に表れていたとしても、少しもかまわなかった。

モリーはたいそう骨を折って昼食を用意していた。ソーセージとサラダ、缶詰のフルーツとアイスクリームが出された。食後、彼女とカトリーナは皿を洗い、教授はトレイシーと庭に出た。女性たち二人が庭に出たときには、彼はすでに雑草を引き抜き、伸びすぎた低木の枝をポケットナイフで刈り込み、細長い花壇のあちらこちらに穴を掘って、カトリーナが持ってきたさし木用の枝を差し込んでいた。その役まわりにいかにも満足しているようだ。そしてトレイシーは小声で調子はずれの歌を歌いながら、小石を拾ってはバケツに入れている。

モリーがそっと言った。「彼は結婚して自分の子供を持つべきだわ」

カトリーナは教授の頭の後ろをいとおしげに見やった。「ええ。でも、いずれそんな日が来るでしょう」そう思うと、胸が痛んだ。

教授とカトリーナはお茶のあとすぐ、また来ることを約束していとまを告げた。西へ向かって車を走らせながら、教授は言った。「あの二人は落ち着いたと思うかい？　トレイシーは幸せそうで元気だったけど」

「ええ、二人は幸せよ。きっと天にも昇る思いだわ。あとはトレイシーがずっと健康でいてくれさえすれば……」

「最善を尽くすよ。ところで、カトリーナ、君は九月にまた仕事を始めるまでローズ・コテージにいるのかい？」

「ええ。また別の患者さんをうちへよこしたいの？　モリーとトレイシーを預かったのは楽しかったわ」

「いや、僕は君にどこにも行かずにいてほしいんだ。自由な身でね。そうすれば、僕が行けるときに行って君に会えるから」

「私に会う？　なぜ？」

「僕は君に恋したんだよ。だが、君はまだ僕に同じ気持ちを抱いていない」カトリーナが口を開こうとすると、彼は言った。「いや、何も言わないでくれ。ただ心にとめておいてほしいんだ」彼の口調はさりげなかった。それから、こう言い添えた。「ときどき僕が現れても、君はいやじゃないだろう？」

カトリーナは大きく息を吸って気持ちを落ち着かせた。「ええ、いやじゃないわ」

8

そのあと、二人はあまり話をしなかった。する必要がなかった。一緒にいるだけで充分だった。カトリーナはとりとめもなく思いをめぐらしたが、あまり遠い将来までは考えないようにした。ただ、そっと幸せをかみ締めていた。心の準備ができるまでサイモンがそれ以上何も言うつもりがないことは、なんとなく察せられた。それに、サーザ伯母がいつか言っていたように、恋に落ちるのは簡単だけれど、恋からさめるのはもっと簡単なのだ。それでもやはり、今は幸せだった。

ピーチが車のドアを開け、二人を出迎えた。

まだ夕食には間があったので、二人は客間で、庭に向かって開け放たれたドアのそばに座って白ワインを飲んだ。やがて、ピーチが食事の用意ができたと告げに来た。二人は庭に用意されたテーブルで、ガーリック風味のマッシュルーム、サーモンのフライ、きゅうりとオレンジのサラダ、ホイップクリームが入ったシュークリームを食べながら、古い友人同士のように語り合った。ただ、教授は自分のことにはいっさい触れず、カトリーナがさりげなく病院は忙しいかと尋ねたときも、地方へ出かけるので数日間は留守にすると答えただけだった。

「そろそろ失礼しようかしら」彼女がコーヒーカップを置いて言ったときも、教授は引きとめようとはしなかった。

コテージに着くと、彼は門を開け、玄関まで彼女を送ってきた。そして隠し場所から鍵《かぎ》を取り出してドアを開け、脇《わき》によけてカトリーナを通した。彼女は迎えに出てきたベッツィを抱き上げた。

「楽しい一日をありがとう」カトリーナは言った。「モリーとトレイシーがあんなに幸せそうなところを見られて、本当にうれしかったわ」彼への感謝も表さなければいけないと思い、つけ加えた。「それに、ドライブも楽しかったし」

教授はほほ笑みながら彼女を見下ろし、顔を近づけて優しくキスをした。「近いうちにまたね。おやすみ」

彼はカトリーナの背中をそっと押して家の中に入れると、ドアを閉めた。そして、すぐに車が走り去る音がした。

カトリーナはぶらぶらとキッチンへ入っていき、やかんを火にかけた。お茶を一杯飲めば、天にも昇る心地がおさまり、いつもの分別ある自分に戻れるかもしれない。

それから数日間、カトリーナはいろいろと忙しかった。今はまた自由な時間ができたので、友人を訪ねてコーヒーを飲んだり、テニスをしたり、日曜学校のバザーを手伝ったりした。彼女が再びレディ・トラスコットと出会ったのはその会場でだった。

「それじゃ、あなたのお客さまは帰られたのね、カトリーナ」レディ・トラスコットは鈴の音のような笑い声をたてた。「まあ、お客さまという言葉はふさわしくないでしょうけど。グレンヴィル教授は、その親子が適当な住まいを見つけるまで預かってくれる人がいて、さぞ助かったでしょう。病後のケアはとても大切ですからね。モーリーンがそう言ってたわ。彼は全国をまわって講演をなさるそうね。モーリーンもぜひご一緒したいと思っているようよ」

「なんのために?」カトリーナは尋ねた。「彼女も講演をなさるんですか?」

レディ・トラスコットは笑った。「まあ、まさか。彼のアシスタントとしてですよ――だれかいなくてはいけないでしょう」彼女は抜け目のない笑みを浮かべた。「それだけでなく、もっと何かあるんじゃないかと私は思っているんですけれど」

カトリーナは鈍感なふりを続けることにした。「ああ、電話に出るとか手紙を書くとかですね?」

「いいえ、モーリーンは医者ですよ。そんなことをする必要はないわ」レディ・トラスコットは世事にうとかったので、医療関係者がこなさなければならない煩わしい職務についてはよく知らなかった。彼女はカトリーナの腕に手を置いた。「あの二人はとても親しいのよ。モーリーンの口ぶりでは……いつ喜ばしいニュースが聞けないとも限らないわ。きっと理想のカップルになるわね……」彼女はカトリーナの腕を軽くたたいた。「あなたにもすてきな男性を見つけてあげなくてはね、カトリーナ」

「結構です」カトリーナは言った。「もう何人か候補がいますから。あら、ミセス・ポッターが手を振ってるわ。お茶の用意を手伝いに行かないと」

彼女はレディ・トラスコットににっこりほほ笑んでみせると、さっさとその場を離れた。今聞いたことは少しも信じていなかった。でも……少しは真実が含まれているかもしれない。確かに教授は地方へ出かけると言っていた。たぶん、講演をするためにだれかを連れていくのも本当だろう。でも、信じられないのは、彼とモーリーンのこと……この前の日曜にあんなことがあったのに、信じられるはずがないわ。彼は〝近いうちにまた〟と言ったのよ。そして私にキスした。それもおやすみ程度の軽いキスではなかったわ。それを思い出して、カトリーナはほほ笑んだ。

翌日、彼女は紅花いんげんをミセス・ピーターズのところへ持っていった。コーヒーを飲みながらミセス・ピーターズが言った。「どうやらレディ・トラスコットは、モーリーンとグレンヴィル教授が結婚すると思っているようね。彼はそのことで何かあなたに言っていた?」

カトリーナはかすかに赤くなったが、そっけなく答えた。「いいえ。でも、言うはずがないわ。私には関係ないことですもの」

ミセス・ピーターズは心の中ではそう思わなかったが、口には出さず、こうつけ加えただけだった。「ただ、レディ・トラスコットは物事を大げさに言いがちな人だから」

それでも、火のないところに煙は立たないというわ、とカトリーナは沈んだ気持ちで思った。

その週の終わりに、領主館《マナーハウス》で火事があった。庭の隅でラズベリーを摘んでいたカトリーナは、煙が漂っているのを見つけてあたりを見まわし、持っていたかごを置いて、急いでコテージへ向かった。ガスレンジの火とアイロン台のアイロンは消したはずだが、それでも確かめておきたかった。

庭の小道を歩いていく途中で煙が見えた。細いひと筋の煙が、ゆっくりと空を流れていく。村の方向ではないのはすぐにわかった。もっと西寄りだ。

マナーハウスだわ――母屋に付属した建物の煙突から出ているのかしら。カトリーナは自転車を取りに走ると、玄関ドアに鍵をかけて道路に走り出た。村のはずれで、道はマナーハウスへ続く脇道へと分かれている。人影はない。風で煙が遠くへ流されているのがわかった。もしかすると特大のたき火かもしれない……だが、カーブを曲がって屋敷の敷地内に入っていくと煙は多くなった。どこか屋敷の裏のほうから出ているようだ。うわずった声も聞こえてくる。

カトリーナが屋敷の横手にまわると、太った執事が勝手口から出てきた。彼はあわてふためいた様子で、自転車を降りた彼女のほうへ小走りでやってきた。「消防隊には電話しました。賄いのメイドがうっかり鍋《なべ》を火にかけたままにしまして、キッチンが火事なんです。メイドはヒステリーを起こしてしまい、さらにはレディ・トラスコットが入浴の最中でしたので、今、ほかのメイドがお召しものを……」

灰色の煙が執事の後ろのドアからゆっくりと渦を巻きながら出てきた。カトリーナは言った。「だれか何か手は打ったんですか？　ドアや窓は閉めた？　火は消せそう？」

「窓は閉めましたが……」

「ほかに入口はあります？　もし反対側から入っていけたら……ぬれた毛布か何かで火を消せるかもしれないわ——火がキッチンだけなら。みんなはどこにいるんですか？」

「それが、使用人はみんなロング・メドウへ最後の干し草作りに行っておりまして。残っているのは例のメイドと私だけです」

カトリーナは自転車を壁に立てかけた。「私は玄関から入るわ。そのメイドをロング・メドウにやって、みんな急いで帰ってくるよう、言ってくださる？　早く消防隊が来てくれるといいんだけど」

玄関ホールはほんのかすかに煙のにおいがするだけで、ひんやりとして静かだった。カトリーナはホールの奥へ行き、キッチンのある建物へ続くドアをくぐった。どのドアも用心して開けながら廊下を進んだ。ワイン貯蔵室、食料貯蔵室、配膳室、洗濯室と、奥へ行くごとに煙くさくなる。そしてキッチンのドアを開けると、そこは火の海だった。

それは恐ろしい光景だった。黒煙、ちょろちょろ壁をなめる炎。カトリーナは洗濯室へ取って返すと、タオルを水に浸して顔に巻き、もう一度見に戻った。今や火はバケツの水やぬれた毛布くらいでは消せないほど大きくなり、大型の食器戸棚にまで達している。そして彼女の見ている前で、その横のドアが焼け落ち、炎が奥の部屋へと流れていった。

カトリーナは素早く来た道を戻ると、試しに階段の反対側のドアも開けてみた。奥の廊下は煙が充満している。そこもキッチンへ続いているのだろう。ドアを閉めたとき、レディ・トラスコットが階段を下りてきた。あわてて服を着たのは明らかで、足元は寝室用のスリッパのままだ。

彼女はカトリーナに駆け寄った。「キッチンが火事ですって？　なぜだれも消さないの？　今夜はお客さまをディナーによんでいるのよ。消防隊はどこ？　ヒズロップは？」

「彼はロング・メドウにいる男の人たちを呼び戻すために、メイドの女の子を使いに出しに行っています」カトリーナは、煙がドアの下からじわじわと漏れてくるのを見た。「レディ・トラスコット、とりあえず私たちで小さな家財道具や絵を運び出したほうがよさそうだわ。それから、消火器がどこにも見当たらないんですけど」

「ああ、あの缶みたいなものね？　前は確かにあったけれど。ああ、もうどうしたらいいのか……」レディ・トラスコットはカトリーナを見た。「あなたはどうしてここにいるの、カトリーナ？」

「煙が見えたんです。絵から始めますか？」

「私の宝石……銀器もあるわ！　メイドはどこへ行ったのかしら？」

「たぶん、あなたの寝室でしょう。そちらへ行かれるなら、私は食堂の銀器から始めます」カトリーナは煙を見て言った。それはもはや、かすかに漏れ出ているのではなく、濃い灰色の帯になって流れていた。ぱちぱちと何かが燃える音もする。だれか――望ましくは、何をすべきか心得た十人くらいの屈強な男性に来てもらいたかった。だが、それまでは、できるだけのことをするしかない。

レディ・トラスコットはメイドの名を呼びながら二階へ上がっていき、カトリーナは食堂へ入っていった。重い銀の燭台《しょくだい》、食卓中央に置く銀製の飾り皿、厚い銀のトレイ、サイドボードの上の大きなトレイ。彼女はそれらを力まかせにつかんで持ち出すと、屋敷前の車寄せの砂利の上にきちんと並べた。以前に訪れたときの話から、絵画の何枚かは貴重な価値のあるものだとわかっていたので、それらも運び出した。それから金メッキのとてつもなく大きい時計をよろよろしながら玄関から出しているとき、ようやく助けが来た――牧草地から先に戻った男たちと、村から来た二人の若者だ。あとの者たちは今、来る途中だ、と彼らは言った。

そのあと、二つのことが同時に起こった。消防隊が到着したとき、若者の一人が階段横のドアにぶつかったのだ。ドアは彼の重みで崩れ落ち、若者はドアの向こうの煙の充満した廊下へ倒れ込んだ。玄関ホールは人でいっぱいだったが、それを見たのはカトリーナ一人だった。まわりの何人かに声をかけたが、その場はあまりに混乱していてだれも聞いていない。彼女は近くのテーブルからテーブルクロスを引きはがし、だれかが持ってきたバケツの水に浸して顔に巻いた。そのテーブルクロスはレディ・トラスコットの自慢の品で、ウェリントン公爵ゆかりのものだと常々話していたが、今はそんなことにかまってはいられなかった。

その若者はドアからあまり離れていない床の上に伸びていた。床は煙が希薄だったので、幸い、彼は意識を失ったわけではなく、ただもうろうとして自分で起き上がれないだけだった。カトリーナは彼をホールに引きずり出してくると、バケツを持ってきて水をかけた。あたりは人々が混乱して動きまわっている。カトリーナは助けを求めてズボンをはいた足を次々と引っ張った。ようやく一人が立ちどまって、足元を見下ろした。

カトリーナは立ち上がった。「この人、ドアと一緒に倒れたのよ。けがはないけど、だれか面倒を見てもらえないかしら？」

「まかせなよ。あんたは大丈夫かい？　ミス・ギブズだろう、ローズ・コテージの？」

「そうよ。私は大丈夫。もう帰るわ。助けはあり余るほどいるようだから」

教授は研修医とモーリーンとともに師長室に座っていた。大勢の患者を診たあとだったので、彼はヒーターにもたれ、コーヒーを飲みながら、モーリーンと師長のおしゃべりを聞くともなしに聞いていた。

電話が鳴り、師長がそれを取ってモーリーンに渡した。「あなたにですよ、ミス・ソームズ。外線から」

だれがかけてきたにせよ、ただごとではない電話のようだった。モーリーンの顔がいぶかしげな表情から不安へと変わった。

彼女はその表情を顔にはりつけたまま、急いで考えをめぐらせた。火事や伯母のことはあまり心配していなかった——被害はそうひどくなさそうだし、けが人もいないようだから。でも、この機会を利用しない手はないわ。彼女は涙をためた目を師長に向けた。「伯母の家が火事なんです。伯母は無事ですが、みんなは今、家具を運び出しているそうです。伯母は取り乱していて、だれもそばにいないんです——家族はだれも」モーリーンはまた電話へ戻った。「すぐに行くわ、伯母さま。できるだけ早く」彼女の声は震えていた——まわりの人の同情を誘うには充分なほど。モーリーンは受話器を置き、教授のほうを振り向いた。「先生、私は伯母のところへ行かなくてはなりません。この週末は私の当番なんですが、私が様子を見に行っている間、だれかに代わってもらえないでしょうか。伯母が大丈夫だとわかれば、すぐに帰ってきますから」

「もちろん、すぐに行きなさい。伯母さんには万一の場合、泊めてもらえる友達はいるのかい？」

「ええ、もちろんです。でも週末だから、家をあけている人が多いかも……」それはモーリーン自身の耳にさえ嘘《うそ》っぽく聞こえた。村には困ったときに助けてくれる人がいくらでもいるからだ。彼女は涙をひと粒しぼり出し、泣きだしそうになるのを懸命にこらえるようなふりをした。

たいした演技力だ、と研修医は苦々しく思った。ここで教授がどう出るか……。

「僕が送っていこう」教授は腕時計をちらりと見て言った。「必要なら、君は向こうにひと晩泊まって、日曜にできるだけ早くここへ帰ってくればいい」

モーリーンはためらってみせた。「でも、それでは先生の週末の予定をおかしくさせることになりますし、だれかが私の代わりをしなければならないことに……」

教授はコーヒーのマグを置いた。「さあ、用意してきなさい。二十分後に正面玄関に出ているから。君の代わりはなんとかするよ」

モーリーンはけなげにほほ笑んでみせた。「ああ、ありがとうございます、本当に」

チャンスよ。モーリーンは麻のツーピースに着替え、化粧を直しながら思った。向こうに着いたら、できるだけ教授を引きとめて……。

教授は正面玄関で十分以上待たされたが、黙って彼女を車に乗せて出発した。そして彼女が伯母の電話を誇張して話すのを適当に聞き流しながら、カトリーナのことを考えていた。モーリーンをマナーハウスに送ったら、カトリーナに会いに行こう。まだ日暮れ前だから、夜を一緒に過ごせるだろう。そして日曜日は、彼女をうちへ連れてこよう。これも不幸中の幸いということかな。それにしても、モーリーンがしゃべるのをやめてくれればいいんだが……。

マナーハウスに着いたときには、火事はまだくすぶってはいたが、鎮火していた。村人の半数は来ていて、消火液と煙の被害から守るために、家具やラグを運び出していた。レディ・トラスコットは屋敷の前で、運び出された家具の山のそばに座っていた。彼女には決して助けも慰める人もいないわけではないことが、教授にはすぐにわかった。モーリーンがそれほど伯母思いだったとは思わなかった。車をとめると、二人は彼女に声をかけに行った。

レディ・トラスコットはさっそく話し始めたが、モーリーンがそれをさえぎった。「伯母さま、グレンヴィル教授が私を送ってきてくださったのよ。彼にディナーを差し上げて、泊まっていただいていいでしょう?」

レディ・トラスコットが返事をする前に、教授が反論を許さない声で言った。「せっかくですが、僕はすぐに帰らなければなりませんので。ご無事で何よりでした、レディ・トラスコット」彼はモーリーンに向き直った。「君はできるだけ早く勤務に戻るね？」彼は周囲を見まわした。「助けは大勢いるようだ。もう屋敷の中に家具を戻し始めている」

彼はいとまを告げて車に向かった。途中、何度か足をとめて、同じ質問をした――ミス・ギブズを見かけなかったか、もし見かけたなら、まだ屋敷の中で手伝っているのか、と。

四番目に尋ねた男がやっと答えてくれた。

「ミス・カトリーナかい？　確かに、ここにいたよ。彼女が一番に駆けつけたって聞いたぜ。あれこれ手を打ってから、若い者を助け出しにまた屋敷の中に戻ったんだ。人手が足りて、だいたい片づいたところを見て家に帰ったよ」

教授は男に礼を言い、車に乗ってローズ・コテージへ向かった。小道を歩いて半開きになったドアまで来ると、ノックをせずに中に入った。

居間にはだれもいなかった。カトリーナはキッチンのテーブルに向かって座っていた。煙にいぶされ、すすだらけの顔で、びしょぬれの頭にはまだ家宝のテーブルクロスがのっていた。服は焼け焦げ、見られた格好ではなかったが、教授の目には、何にも増して美しく見えた。

彼が入っていくと、カトリーナは顔を上げ、最初に頭に浮かんだことを口にした。

「ベッツィに餌《えさ》をやってくださる？　キャットフードの缶があるから……」

彼はすんなりと子猫の世話をすませると、テーブルへ来てそっと彼女を椅子から立たせ、抱き寄せた。「けがはないかい？」

カトリーナは彼の肩に顔をうずめた。「ええ、ちょっとすりむいただけ……ばかみたい！」声がくぐもっていた。

今になって彼女は泣きだした。教授はしばらく彼女を泣かせたあとで言った。「温かいお風呂に入っておいで。上がったらわざわざ服に着替える必要はないよ。お湯を沸かしておくから、お茶を飲もう。それから、何があったのか話してごらん」

なだめるような優しい口調だった。まるでお兄さんみたいに……カトリーナはぼんやりと思った。

「さあ、行って」その声に促されて彼女は二階へ行き、お風呂に入って髪を洗った。しばらくして、シャンプーと石鹸《せっけん》のにおいを漂わせ、実用的だがまったく華やかさに欠ける部屋着を着て、階下へ戻った。

教授は彼女のために椅子を引き、すっかり慣れた様子でキッチンを動きまわって、食器棚からジャムの入ったポットを取り出した。彼はそれをテーブルに置いてから彼女の向かいに腰を下ろし、お茶をついで、カトリーナの皿にトーストをのせた。その間、ひと言も口を開かなかったが、その沈黙のおかげで彼女の心は休まり、気遣われているという安らぎに包まれた。カトリーナはお茶をひと口飲んでから話し始めた。

「ごめんなさい、とんだところに出くわしたわね。私、少し疲れていて……マナーハウスで火事があったのはご存じ？」

「知ってるよ。たいしたことはないようだ。助けも大勢来ている。君はどうしてあそこにいたんだ？」

彼女は淡々と事の顛末《てんまつ》を語った。「間の悪いことに、レディ・トラスコットは入浴中で、メイドと執事以外はだれもいなくて。被害がそれほどでなくてよかったわ。由緒ある古いお屋敷だから」

二人はお茶をお代わりし、それから教授が立ってテーブルをまわり、カトリーナのそばへ来た。「その擦り傷を診てあげよう。どこもやけどはしなかった？　煙は吸い込まなかったかい？」

「擦り傷はみんなたいしたことないわ。煙は少し吸い込んだけど、帰ってくる途中でもどしてしまって、今はだいぶ気分がよくなったわ」

「君が助け出した若者は大丈夫だったのかい？」

「あら、どうしてご存じなの？　たぶん、大丈夫だと思うわ。ちゃんと息をしてたし、だれかが面倒を見てくれたはずだから」カトリーナは眉をひそめた。「私、残っていたほうがよかったかしら……」

「自分で助け出すなんて、君は勇敢だね。大声で叫んで、男たちのだれかを助けに向かわせることもできたんだから」

「ああ、そうよね。そこまで考える余裕もなかったわ」

彼はほほ笑んだ。「そうだろうね。さあ、じっとして。その一番ひどい傷を診よう」

彼は診察かばんを持ってきていた。そしてカトリーナの軽い擦り傷や打撲傷の手当てをした。抱き寄せてキスしたかったが、相手がカトリーナだけに、そんなことをするのは間違いだとわかっていた。手当てを終えると、彼は自分の席に戻った。

「ミセス・ウォードとトレイシーがいなくなったから、あちこち出かけられるようになったろうね」

「そうね、友達ともっと会えるようにはなったわ――ほとんどテニス仲間だけれど。それに、ドクター・ピーターズのところにもよくうかがうし……」

「食事やダンスはなし？」教授は軽い口調で尋ねた。

「ええ」彼に気の毒だと思われるといけないので、カトリーナは言い添えた。「今の時期は畑仕事がたくさんあるから」話題を変えようと、彼女は尋ねた。「先生はドクター・ピーターズに会いにいらしたの？　この前、ミセス・ピーターズが先生にお暇なときに来てほしいって言ってたけれど」

「モーリーン・ソームズを送ってきたんだよ。彼女が伯母さんから電話をもらってね。火事の話を聞いて、あわてて伯母さんのところへ行かなくてはならないと言うものだから。

実際はそれほど深刻な状況じゃなかったし、彼女はこの週末、当直の勤務があるから、ここにいるほどのことはないんだが」

カトリーナの心に氷が張り詰めた――教授が来てくれてから、今の今まで心地よく暖まっていたのに。彼女は硬い、低い声で言った。「モーリーンは驚いたでしょうね。レディ・トラスコットは彼女の顔を見て安心したんじゃないかしら。わざわざ私のところに寄ってくださって、ありがとうございました。せっかくの夜を台なしにしてはいけないから、これ以上お引きとめするわけにはいかないわ」

突然の彼女の声の変化に、教授は眉をひそめた。カトリーナがまた堅苦しくなったのはなぜなんだ？　たぶん、疲れていて、早くベッドに入りたいのだろう。僕に帰ってもらいたがっているのは明らかだ。

彼はマグを流しに置いて、さりげなく言った。「じゃ、僕は失礼するよ。ひと晩ゆっくり眠れば、元気になる。大事にするんだよ、カトリーナ」

ロンドンへ戻りながら、教授は考えた。カトリーナとの仲がまったく進展しないのは、年が離れすぎているせいだろうか？　温かい友情――いや、それ以上のものになることを期待していたのに、まだ何も実現していない。僕が彼女に恋をしたことははっきりさせたけれど、彼女がその気になるまでは、それ以上何もしないつもりだった。そして彼女はそれで満足していたはずだ。だが、もしかすると今は考え直したのかもしれない。それでも、あきらめるものか。数日したらまた会いに来よう。僕は彼女を愛している。そして、彼女も心の奥では僕を愛しているはずだ。教授はそれを直観的に確信していた。

　翌日の日曜の教会には、ふだんよりかなり多くの人が来ていた。マナーハウスが焼失を免れたことへの感謝の祈りを捧《ささ》げるためというより、礼拝のあと、火事についての面白い話をかき集めるためらしい。レディ・トラスコットも来ていた。驚いたことに、モーリーンも。彼女はサイモンと一緒に帰ったはずじゃなかったの？　もっとも、私には関係ないけれど。カトリーナが心の中でつぶやきながらポーチを歩いていたところ、牧師に呼びとめられた。

「カトリーナ、君の昨日の良識ある活躍は聞いたよ。レディ・トラスコットも感謝しているだろう。ああ、彼女が来た。きっと同じことを言うだろうね」

　レディ・トラスコットはどちらかといえば楽しんでいた。ヒロインというわけではなかったが、村じゅうの関心の的なのは確かだった。カトリーナと牧師のところへ来ると、彼女は言った。「ああ、会ってお礼を言いたかったのよ。だれから聞いても、あなたが立派に指揮をとってくれたそうね。私が入浴中だったのが残念だわ」彼女は声を震わせて笑った。「そうでなければ、私が指揮をとっていたでしょうに。銀器と絵を運び出したのはとても賢明でしたよ」カトリーナの腕を軽くたたく。「あなたはまさにあなたの伯母さまの再来ね、カトリーナ」

そこへモーリーンが加わった。彼女と挨拶《あいさつ》を交わしたが、カトリーナはその目に嫌悪の色を見た。

「私、本当はこんなところにいてはいけないのよ」モーリーンは言った。「グレンヴィル教授が昨日、私を送ってきてくれたの。一緒に帰ろうと言われたけれど、私がいさせてくださいと頼んだの。彼ってとても理解があると思わない？　今日、あとから彼が迎えに来てくれるのよ。私と一緒に残っていたかったんだけど、彼はどうしても行かなくてはならなくて」

「日曜日に車で動くのは大変ね」カトリーナは儀礼的に言った。「でも、あなたが当直勤務だったのなら、だれか代わりをしてくれる人がいたのね」彼女は愛想よくほほ笑んでみせた。「代わりのきかない人なんていませんものね？」

「その言葉は、医者にはとうてい当てはまらないわね」モーリーンは冷たく言った。「あなたは例の子供がいなくなってぶらぶらしてるんでしょう？　さぞ退屈でしょうね。仕事には就いてないの？」

「九月から始めるわ……」

「ああ、そういえば、サイモンがそんなことを言ってたわね。なんであれ、家にいて婚期を逃すよりはましよね」彼女はばかにしたようにつけ加えた。「それでも、あなたが結婚するのに適当な男はたくさんいるんでしょうけど」

カトリーナは怒りを抑えた。「それはもちろんいるわよ。でも、今はこのままでとても満足してるの。二十四歳はそれほどの年じゃないでしょう。三十近くなれば、私もあせり出すかもしれないけど……」

モーリーンは二十九歳だ。いつかレディ・トラスコットがうっかり口を滑らせたのをカトリーナは覚えていた。痛いところを突かれて、モーリーンの唇が醜くゆがんだ。

レディ・トラスコットはミセス・ピーターズと牧師を相手によもやま話をしてしまうと、明るく言った。「あなたたち二人も話がはずんでいる？　若い人同士だから、きっと共通の話題がたくさんあるでしょうね」

ええ、サイモンのことが。カトリーナはそう思ったが、口には出さなかった。ただ、レディ・トラスコットとモーリーンに行儀よくいとまを告げると、車で待っていたドクター・ピーターズのところへ歩いていった。ミセス・ピーターズから昼食に誘われていたからだ。夫人は火事の話を聞きたがっていた。

カトリーナがひととおり話し終えると、ミセス・ピーターズは言った。「あなた、一人で家へ帰ったの？　かわいそうに。すすで汚れたうえに、びしょぬれになって疲れきっていたでしょう。だれか一緒に帰ってくれる人がいればよかったのにね」

「実はグレンヴィル教授が見えて、私が汚れを落としている間にお茶をいれてくださったの」

ドクター・ピーターズは焼きポテトにフォークを突き刺した。「彼はモーリーン・ソームズを送ってきたという話だ。彼女は教授をいいように使っているみたいだな。レディ・トラスコットの話では、モーリーンは病院の当直だったんだが、教授にせがんで連れてきてもらったようだよ」

彼はちらりとカトリーナを見たが、彼女は何も言わなかった。代わりに彼の妻が言った。「あの男性に限っては、だれかにせがまれて何かするような人じゃないと思ってたけれど。それでも、レディ・トラスコットの言うとおりだとすれば、あの二人は婚約したも同然ということね」

やがて話題は図書館での仕事のことへ移り、カトリーナはほっとした。ほどなく、ドクター・ピーターズに送られて彼女は家に帰った。

一人になると、カトリーナは古い服に着替えて庭に出た。気温が高く、何日も雨が降っていなかったので、水やりが必要だ。庭を行ったり来たりしながら、じょうろで水をやるのはかなり時間がかかったが、終わってひと息つくと、いくら考えまいと自分に誓っていても、サイモンのことを考えずにいられなかった。

彼はモーリーンに私が仕事を見つけたことを話したのね——まるで哀れむように私のことを二人で話したのかしら？　たぶん、彼は本当に私を哀れんでいるんだわ。私に恋をしたと言ったのも、ただ私を元気づけようとしただけだったのよ。もののはずみで言ってしまったけれど、今は後悔しているんだわ。昨日の彼は親切で優しかった。でもあの状況では、だれだって優しくしてくれるわ。

それに、突然、帰っていったし……。

彼のことは忘れなければいけないわ。なんとかして二度と会わないようにしなければ。私は勘違いしていたのよ。彼は私を元気づけたくて、ただ思いつきで言っただけ……。理屈に合わない解釈だったが、カトリーナはそれが答えだと自分に言い聞かせた。

その週の半ば、天候が激変した。蒸し暑く、空は黄色みがかった不気味な黒雲に覆われた。嵐《あらし》が来るのだ。

カトリーナは急いで庭をまわると、雨で台なしになる前に果物の実を摘み取り、庭の道具を物置小屋にしまい、収穫したじゃがいもを古い袋で覆った。彼女がポーチに戻ったとき、最初の雨粒が落ちてきた。続いて稲妻が光ったので、あわてて中に入ってドアを閉めた。カトリーナは嵐が怖かった。それはベッツィも同じだった。彼らは顔を見合わせ、互いに仲間がいることを感謝した。

嵐はなかなかおさまらなかった。遠くで雷鳴がとどろき、次にその音がもっと大きく、稲光を伴って戻ってくる。カトリーナはお茶をいれ、明かりがちかちかし始めると、ろうそくを用意した。今や彼女はおびえていた。ベッツィは隅に隠れ、カトリーナはドアのほうに向いた椅子に縮こまっていた。そのとき、ドアが開いた。そこに立っていたのは教授だった――大きな体の輪郭が、稲妻にくっきりと描き出された。

9

カトリーナは、これまで悲鳴などあげたことはなかったが、今はあげた。あまり大きな悲鳴ではなかったし、頭上でとどろいた雷の音にかき消されてしまったが、次の瞬間には、教授が彼女のそばに来て、大きな手を彼女の肩にまわしていた。彼はびしょぬれで、カトリーナの脚にからみつくバーカーとジョーンズはもっとぬれていたが、そんなことはどうでもよかった。彼女は教授の大きくて安心できる胸に顔をうずめ、再び稲妻が光ると固く目を閉じた。

目を閉じていても、すさまじい稲光はまぶたの裏でひらめき、雷鳴は耳をつんざくほどだ。不気味な静寂が訪れ、カトリーナがおそるおそる目を開けると、教授が陽気に言った。

「やあ。ろうそくはあるかい？　必要になるかもしれないから」

「テーブルの上に一本あるわ」またぴかっと光ったので、彼女は身をすくめた。

彼は片手を離した。「それなら、火をともそう。ほかにはもうないのかい？」

「あるわ。ドアのそばの棚の上に二本」

彼がろうそくをつけている途中で明かりが消えた。

「ちょうど間に合った。よし、お茶にしよう」

カトリーナはしぶしぶ彼から離れた。「ドアの裏にタオルがかかってるから、よかったらそれで体をふいて。それに、パーカーとジョーンズも。私、もっとタオルを持ってくる……」

教授はカトリーナをひょいと椅子に座らせた。「ここにいるんだ。僕たちはどこへも行かないから。それに、どうやら嵐《あらし》は峠を越したようだ」

彼はやかんを火にかけ、自分の顔をふいてから犬たちをふいてやり、マグとミルクを取ってきてお茶をいれた。

「先生みたいな方が家にいてくれると便利ね」カトリーナは言い、再び稲光が走ったので小さく叫んだ。

「僕の母はとても優しい人で、乳母は昔ながらのしつけに厳しい人だった。それで二人して、僕をちゃんと妻を大事にできる男に育て上げたんだよ。つまり、お茶をいれるとか、皿洗いをするとか、妻が泣きたいときには肩を貸してあげるとかね」

彼はお茶のマグをカトリーナのそばのテーブルに置くと、自分も座った。柔らかなろうそくの明かりの中で、カトリーナの青ざめた顔は美しかった。

「あなたのお母さまやお父さまはどうしていらっしゃるの？」

「父は整形外科医だったが、今は退職して、母とハンティンドンに近い村に住んでいるよ。僕はそこで生まれた」彼は手にしたマグの縁越しにカトリーナにほほ笑みかけた。「姉が二人に弟が一人いる。姉たちは結婚していて、ニックは目下、恋人なしだ」

「大家族ね」カトリーナはせつなげにそう言うと、特大の雷にまた悲鳴をあげた。うろたえた拍子に黙っていられなくなり、つい言ってしまった。「領主館《マナーハウス》を訪ねていらしたんでしょう、モーリーンと」

教授はマグを置いた。これではっきりした。彼は静かに口を開いた。「違うよ。モーリーンと来たわけでもない。僕は君に会いに来たんだ、カトリーナ。だがまず、どうして僕がモーリーンとマナーハウスにいると思ったのか言ってごらん」

「だって、レディ・トラスコットの話では、先生とモーリーンは……それにモーリーンから聞いた話では……ああ、そんなことどうでもいいでしょう？」

「よくないんだ！　続けて」

「モーリーンは、あなたと結婚するみたいな口ぶりだったわ」カトリーナは教授の顔をちらっと見て、青い氷のような目と出合った。

「君はそれを信じたのか？　僕が君に恋をしたと言ったあとでも？」

彼の声は穏やかだったので、カトリーナは思いきって先を続けた。「私だって信じたくなかったわ。ただ、彼女のほうがあなたにはふさわしい妻になるだろうと思ったの。あなたは将来のことを考えなくちゃいけないでしょう。もっともっと有名になって立派な方々とつき合うようになるんですもの。私なんか、庭の畑を耕したり、教会に花を生けに行ったり、家計のやりくりをしたりすることしかできないんですもの」

「カトリーナ、君と畑を耕すほど楽しいことはないよ。君は好きなだけ教会に花を生けに行っていいし、家計は二人でやりくりしよう！」

「あなたはモーリーンと結婚したくないの？」

「そうだ。僕が結婚したいのは君だよ、カトリーナ。だけど、君が確かに僕と結婚したいという気になるまで待っていたんだ。モーリーンのつまらない嘘《うそ》なんか忘れて、僕たちのことを考えるんだ。そして自分がどうしたいかはっきりしたら、言ってくれ」カトリーナがさっそく言おうとすると、彼がさえぎった。「だめだよ。ゆっくり考えるんだ——ただし、僕が君を愛していることは忘れないで」彼は急にてきぱきと言った。「よし、部屋に行って荷物をまとめて。ろうそくを持って僕が一緒に行くから」

「荷物？　どうして？」

彼は腕時計に目をやった。「ハンティンドンには三時間で着ける。君はきっと母を気に入ってくれると思うよ。母もとても君に会いたがっている」カトリーナの驚いた顔を見て、教授はつけ加えた。「母には君のことをすっかり話してある」彼はろうそくを持って立ち上がり、カトリーナを階段にせき立てた。「さあ、二、三日は間に合うくらい着替えを詰めて。それから、ベッツィを入れるバスケットはあるのかな？　それとも箱を探そうか？」

「バスケットがあるわ。流しの下の戸棚に」カトリーナは階段の途中で振り返り、真顔で言った。「サイモン、私、行けないわ。あなたのお母さまを知らないし、嵐が怖くて」

彼は優しくほほ笑みかけた。「僕が一緒でも？」

はっと息をのんでカトリーナは答えた。「いいえ……怖くないわ」

「よし」彼はろうそくを置いた。「僕はベッツィのバスケットを取ってきて、戸締まりをする。怖くなったら呼んでくれ、すぐに駆けつけるから」

これは夢ですぐに覚めるわ。カトリーナはそう自分に言い聞かせながらも、荷物をバッグに詰める手はとめなかった。コットンジャージーのワンピースとジャケットに着替え、髪は直す時間がないので急いでブラシでとかした。最後に靴を一足バッグにほうり込み、それを持って部屋を出ようとしたとき、ちょうど教授が狭い階段を上がってきた。

「よし、できたね！　ベッツィはバスケットに入れた」彼はカトリーナの姿を見まわした。

「すてきだよ」

カトリーナは赤くなった。「部屋着を忘れたわ……」

「それはだれかに借りればいいよ。でも、あればレインコートを持ったほうがいい」

ローズ・コテージを出るころには嵐はおさまりかけ、雨も弱まっていた。空は一面灰色だったが、ベントレーの中は暖かく、居心地がよかった。

ハンティンドンを通過したとき、時刻はちょうど十時半になっていた。教授は途中で携帯電話を使って母親に知らせていた。グレンヴィル邸へ続く私道は短く、一階のほとんどの窓に明かりがともっていたので、カトリーナはその家を見ることができた。れんが造りのジェームズ一世時代風の建物で、かなり大きかった。そして暗がりの中で見えた限りでは、広い芝生とそのまわりに花壇があった。

サイモンが車をとめるやいなや、玄関ドアがぱっと開き、年をとったラブラドール犬が吠《ほ》えながら駆けてきた。そのあとに年配の男性が続いた。

サイモンは車を降りて、助手席のドアを開け、犬たちを出してから、カトリーナの腕を取った。「ベッツィもすぐに出すからね」彼は父親と握手した。「カトリーナ、僕の父だ——父さん、将来の義理の娘ですよ」

カトリーナはしっかり握手され、頬に温かくキスされた。「ようこそ。さあ、お入りなさい。みんなに会えないほど疲れてはいないでしょうな?」

玄関ホールには、何人もの人がいた。教授はカトリーナの手を取り、白髪で背筋がぴんと伸びた、笑顔の美しい女性のもとへ連れていった。彼はかがんでその女性にキスした。

「母さん、連れてきたよ。カトリーナ、僕の母だ」

ミセス・グレンヴィルはカトリーナに優しくキスした。「私たち、みんな喜んでいるのよ。客間にいらして、ほかの家族にも会っていただける？」

ミセス・グレンヴィルは先に立って客間へ入っていった。みんなはカトリーナとサイモンを取り巻き、握手とキスをして、口々に喜びを表した。

「とにかく、あなたを歓迎しに来ないではいられなかったの」上の姉のミリアムが言った。「でも、長いドライブのあとだから、お疲れでしょう。私たちはすぐ失礼するわ。ドナルドと私はハンティンドンに住んでいるの。妹のベッキーとジョンはケンブリッジよ。弟のニックもケンブリッジの病院に勤めているの。みんな明日の昼食に来るけれど、それまで待ちきれなくて……」

ほどなく彼らは帰っていった。カトリーナはコーヒーとサンドイッチをすすめられ、将来の義理の母と、小柄で太った家政婦のドリーに見守られて座った。カトリーナはおとなしく食べて飲みながらミセス・グレンヴィルの優しい質問に答え、居心地のいい部屋の中を好ましげに見まわした。

「明日、サイモンが一時間くらいあなたを貸してくれたら、家の中を案内しましょうね」ミセス・グレンヴィルが快く言った。「今夜は、そろそろやすみましょう」

窓際に立って、庭の犬たちを眺めながら父親と話をしていたサイモンは、母親のその言葉を聞いて、部屋を横切ってきた。

「君の部屋にはバルコニーがある。ベッツィも一緒に連れていきたいだろう？」

こまやかなその心遣いに、カトリーナは思わず涙ぐんだ。「かまわないの？　ベッツィはいい子にさせるから……」

ミセス・グレンヴィルがおごそかに言った。「猫や犬は家じゅうをうろつくものですよ。息子たちが子供だったころは、ペットのねずみもいたのよ」彼女はカトリーナにキスした。「ぐっすりおやすみなさい、カトリーナ。お部屋まで一緒に行くわ」

サイモンの父もおやすみを言い、サイモンは客間のドアを開けに行った。ミセス・グレンヴィルはほほ笑みを浮かべて息子の横を通り過ぎた。だがカトリーナの番になると彼は彼女を引きとめ、抱き寄せて音高くキスをした。カトリーナがキスを返したので、サイモンは気をよくしてまたキスした。「おやすみ、マイ・ラブ、だれよりもいとしい人」

カトリーナはその言葉をいとおしみながら、ミセス・グレンヴィルのあとについて広い階段を上った。

その部屋は美しかった。一人になると、カトリーナは感嘆しながら見てまわった。バルコニーにバスケットがあり、その中にベッツィがいた。だれかが餌《えさ》までやってくれている。彼女は服を脱ぎ、部屋についているバスルームを使ってからベッドに入ると、その日の出来事を振り返ってもみないうちに、ベッツィと一緒に眠ってしまった。

彼女が目を覚ましたのは、清潔なプリント地のエプロンをつけた若い女性がカーテンを開け、ベッドサイドテーブルにお茶のトレイを置いて、声をかけたときだった。「おはようございます。ミスター・サイモンが二十分後に玄関でお待ちしているそうです、お嬢さま」

それを聞いて、ぱっちり目が覚めたカトリーナは、お茶を飲んでベッドを飛び出した。サイモンは開け放した玄関ドアのそばに犬たちを従えて立っていた。ホールを横切ってきたカトリーナを出迎え、彼女の肩に両手を置いて、その幸せそうな顔をのぞき込んだ。

「よく眠れたかい？　もっと寝かせてあげるべきだったかもしれないな」

彼はキスをしなかったので、カトリーナはちょっと間をおいて言った。「とてもよく眠れたわ。それに、こんなすばらしい朝にはとても眠ってなんかいられないわ。私たち、散歩に行くの？」

彼がうなずくと、カトリーナは並んで歩きだした。キスしてくれると思っていたのに、彼の挨拶《あいさつ》はあっさりしていた。いざ私を実家に連れてきてみると、彼には考え直すところがあったのかも……。

二人は家の裏手に広がる庭を端まで歩き、小川に渡した板の橋を渡って、眼前の小高い丘を覆う雑木林の間を上り始めた。道は狭く、サイモンは先に立って片手を後ろに差し伸べ、カトリーナの手を取った。しっかりと握った手のぬくもりを感じると、彼女のつまらない不安も消えていった。

丘の上に来ると、木がなくなって平らな草地になり、二人の眼前に田園風景が広がった。

青空の下、小麦畑は収穫を終え、野原のあちこちに馬や牛がぶらぶらしていた。遠くには蛇行した川が見え、それらすべての上に日ざしが降り注いでいる。

手をつないだまま、二人はじっと立って眺めていた。やがてカトリーナが言った。「すばらしい眺めね……私たち、ここにいてかまわないの？」

「ああ、うちの土地だからね。ここは僕の大好きな場所なんだ。だから君を連れてきた。ここでプロポーズしようと思ってね、カトリーナ」

カトリーナは振り向いて子供のように素直に彼の胸に抱かれた。「ああ、サイモン、こんなにうれしいことはないわ。ええ、もちろん、あなたと結婚するわ」

彼にキスされると、なぜさっきはキスしなかったかがわかった。言葉はいらなかった。彼のキスがすべてを語っていた。やがてカトリーナは顔を上げた。

「あなたはちっとも私を愛しているようには見えなかったわ」

「君を怖がらせて逃げられてしまうんじゃないかと不安だったんだ。たぶん、君が道路に倒れているのを見た瞬間から君を愛していたんだと思う。君はとても怒っていたね」彼はまたカトリーナにキスした。「それに、とてもすてきで、とてもよそよそしかった。君の心は見えないところにしっかりと隠されていた。君がどれほど孤独か、だれにも知られないように」

「私にはサーザ伯母さまがいたわ」

「すばらしい人だった。彼女は君の母親であり、父親であり、兄弟姉妹であり、君を愛していた。そして今、君には別の家族ができた」彼は急にきびきびした口調になってつけ加えた。「そろそろ帰ろう。みんなそろって朝食だ」

サイモンとカトリーナは三日間滞在し、ローズ・コテージに帰るときには、結婚式の計画ができ上がっていた。挙式は一カ月後。その前に教会で結婚予告をしてもらう。式は村の教会で。それは純潔を示す白のウエディングドレスをまとった純白の結婚式になる予定だった。

カトリーナは白いシルクのドレスとオレンジの花のブーケを思い描いて言った。「花嫁のつき添い《ブライドメイド》はトレイシーに頼みたいわ」

さっそく彼女はトレイシーとモリーに手紙を書き、グレンヴィル家の人々は招待客のリストを作った。それはかなりの数になった。

「でも、私には招く家族がいないわ」カトリーナは言った。

「ピーターズ夫妻、ミセス・ウォード、レディ・トラスコット――村の人たちの半分はいるよ」サイモンが思い出させた。

二人は早めの朝食をとったあとすぐ出発し、昼にはローズ・コテージに着いていた。サイモンは長居はできなかった。午後からクリニックで診察する予定の患者がいたからだ。

「これから一、二週間は、あまり君と会う時間がないんだ、ダーリン。日曜には来て、教会で結婚予告をしてもらうけど、月曜からはブリストルに行く」彼はちらりと腕時計を見た。「ちょうど君の教会の牧師に会っていく時間があるよ。僕の手紙はもう届いているはずだから、話は数分ですむだろう」

一時間後、カトリーナはコテージに戻ってきた。二人の結婚予告の手はずが整えられ、サイモンは彼女にキスをして車で走り去った。こういうことにも慣れなくてはいけないのよ、とカトリーナは反省した。医者はたくさんの人の命を預かる身ですもの。でも、帰ってくるのはいつも私のところよ――そう思うと彼女はにっこりして、キッチンを片づけた。

結婚式の招待状が配達されると、村は沸き立った。今年一番の結婚式になるのは確実だった。人々はとっておきの帽子を箱から出し、教会に飾る花を寄贈する申し出があちこちから殺到した。ミセス・ダイアーと選ばれた数人の女性たちは、幸せなカップルに贈る結婚祝いの品をウォーミンスターへ買いに出かけた。ドクター・ピーターズは花嫁を花婿に引き渡す役をぜひさせてほしいと言い、モリーはトレイシーが大喜びして、ピンクのドレスを着ていいかと言っていると手紙に書いてきた。

そして、サイモンからは深紅のばらの大きな花束が届いた。

日曜日になると、カトリーナは彼に早く会いたいばかりに、夜明けから起き出した。彼に相談しなければならないことは山ほどある。とうとう彼が来ると、彼女はサイモンの胸に飛び込んだ。話はあとからでもできる……。

サイモンは疲れた顔をしているように見えたが、彼の言葉に疲れはなかった。「今日はこれからうちへ行こう。ミセス・ピーチが夜中までかかって特別な料理を作ってくれたんだ。その前にコーヒーにしようか？」

二人はキッチンテーブルに向かい合って座った。

「じゃ、君の報告を聞こうか」彼は水を向けてから、いきなりにっこりした。「実際的なことに心を向けているのは難しいね」

カトリーナが手を伸ばすと、彼はその手を取った。

「ええ、そうね」彼女は報告を始めた。「みんな、とてもよくしてくれるのよ。ドクター・ピーターズは私を花婿に引き渡す役を務めたいとおっしゃるの。あなたのご家族が泊まれるように宿を予約したわ。居心地のいい宿だし、とても清潔よ。気に入ってくださるといいんだけど……それからレディ・トラスコットが、私たちの披露宴をマナーハウスでしてほしいんですって。それが彼女からの結婚祝いだそうよ。でも、まずあなたにきいてからと答えておいたわ。村じゅうの人が招待されたのよ」

「それならお受けしたほうがよさそうだね」彼はほほ笑んで言った。「モーリーンが来る心配はないよ。彼女は昨日、出発した。インドへ行く医療チームの欠員に急に志願することに決めてね。病院では緊急事態ということでこれを許可した」彼はテーブルに身を乗り出してカトリーナにキスした。「君が恋しかったよ、マイ・ラブ。僕は来週までまた留守にする。だけど、携帯電話を持ってきたから、毎晩声を聞くことはできるよ。土曜に帰ってくるが、その日はまっすぐ聖オールドリック病院へ行かなければならない。だけど日曜にはここへ来る。そして今度は僕のほうの教会へ行って、結婚予告をしてもらおう。それからもう一つ」彼はマグを置き、ポケットから小箱を取り出して開けた。その指輪は古風なデザインで、三つのサファイアをダイヤが取り囲んでいた。とても美しかった。「祖母のものだったんだ」

彼はカトリーナの手を取ってそれを指にはめた。

「とてもきれいだわ、サイモン。誇りと愛をもって、はめさせてもらいます」

サイモンは彼女のてのひらに口づけした。「今度、一緒に結婚指輪を買いに行かなくちゃいけないな。来週はだめだけど、そのあとの日を一日あけておくよ」

それから二人は教会へ行って席につき、自分たちの結婚予告が告げられるのを聞いた。まわりの好意に満ちた視線にも無頓着《むとんちゃく》だった。

カトリーナはその週、全財産を持ってロンドンへ行った。ウエディングドレスとハネムーンに着ていく服、新しいドレスを一、二着、それと靴と下着がどうしても必要だ。それに、トレイシーのドレスを作るピンクのシルク地も。

彼女は一日じゅう、店から店へとまわり、たくさんの買い物袋を手に、おおいに満足して帰ってきた。さんざん探しまわって見つけたウエディングドレスは、シルクのスリップドレスにシフォンを重ねたものだった。長袖《ながそで》でネックラインは控えめの、とてもシンプルなドレスだった。彼女はそれをオックスフォード通りをはずれた小さなブティックで見つけた。そして女店員がこれに合う優美なベールを見つけてくれた。そのあと、彼女は忍耐強く、一つ一つ必要なものを買っていった。それでも、お金は少し余った。

翌日はトレイシーのドレスとそろいの帽子の仕立てに取りかかった。その裁縫仕事やら、婚約のお祝いに来る訪問客の応対やらで、その週は飛ぶように過ぎた。そして毎晩、サイモンから電話があった。

日曜になると、サイモンが迎えに来て、二人はワーウェルの教会へ行き、残りの時間をサイモンの家の庭で過ごした。犬たちも一緒だ。サイモンとカトリーナは互いの一週間の出来事を報告し合い、ときどき話すのをやめてほほ笑みを交わした――互いの愛を確かめ合いながら。その夜、サイモンはカトリーナをローズ・コテージに送ってくると、翌朝早く迎えに来るから結婚指輪を買いに行こう、と言って帰っていった。

そして突然のように、結婚式の当日になった。モリーとトレイシーは前日に到着し、カトリーナとサイモンがハネムーンから帰ってくるまでコテージに泊まってベッツィを預かることになっていた。三人は朝早く起きて支度をした。やがてモリーとトレイシーはひと足先に教会へ向かい、カトリーナは一人静かに座ってドクター・ピーターズを待った。

ウエディングドレス姿の彼女は美しかった。サイモンが贈ってくれた花嫁のブーケはテーブルの上にそっと置かれている。つぼみの白いばらに、ゆり、オレンジの花、したきそう、そしてそれらの真ん中にモスローズという取り合わせだった。カトリーナは花の香りをかぎ、サーザ伯母さまがここにいてくれたら、と思わずにはいられなかった。でも、今日は悲しむ日ではないわ。ドクター・ピーターズが庭の小道をやってくると、彼女はほほ笑みを浮かべて顔を上げた。

教会は人々であふれていた。中に入れない人たちは、カトリーナの到着を見るために外で待っていた。ポーチのところで、彼女は一瞬たじろいだ。よそゆきの帽子をかぶった、たくさんの人の顔がいっせいに彼女に向けられたからだ。けれど、すぐに彼女の目にはまわりのだれの姿も見えなくなった。サイモンが――彼女のいとしい教授が、非の打ちどころのないモーニングコート姿で、通路の向こうにいたからだ。彼が振り向いてくれさえすれば……。

彼は振り向いた。そして長い通路の端からほほ笑みかけてきた。カトリーナもほほ笑みながら、ドクター・ピーターズとともに彼のほうへ歩きだした。教会は人で満杯でも、二人にとっては自分たち以外のだれも存在しなかった――昔ながらの儀式をつかさどる牧師は別にして。

二人が披露宴の行われるマナーハウスに着き、最初のお客を迎えるために並んで立つときになって、サイモンはカトリーナの手を引いて玄関ホールの横にある小部屋へ連れていった。

「どうしてここへ？」カトリーナは尋ねた。「お客さまが入ってくるのは玄関からよ」

サイモンは優しく彼女を抱き寄せた。「あと一、二分はだれも来ないだろう。その間に、僕は僕の妻にキスできる」

彼はそのとおりにした。その完璧《かんぺき》なキスは、二人の将来の幸せを約束するものだった。

カトリーナは邪魔になるベールを後ろに押しやった。「もしこれが結婚するってことなら、私、大好きになりそうよ」

サイモンは最後にもう一度キスし、花嫁のベールを直した。それから間もなく、玄関に戻った二人は穏やかなほほ笑みを浮かべて最初の客を迎えていた——グレンヴィル教授夫妻として。

●本書は2000年3月に小社より刊行された作品を文庫化したものです。

コテージに咲いたばら
2025年2月1日発行　第1刷

著　者　ベティ・ニールズ

訳　者　寺田ちせ（てらだ　ちせ）

発行人　鈴木幸辰

発行所　株式会社ハーパーコリンズ・ジャパン
東京都千代田区大手町1-5-1
04-2951-2000（注文）
0570-008091（読者サービス係）

印刷・製本　中央精版印刷株式会社

Printed in Japan © K.K. HarperCollins Japan 2025 ISBN978-4-596-72207-2

2月13日発売　ハーレクイン・シリーズ 2月20日刊

ハーレクイン・ロマンス　愛の激しさを知る

記憶をなくした恋愛0日婚の花嫁　リラ・メイ・ワイト／西江璃子 訳
《純潔のシンデレラ》

すり替わった富豪と秘密の子　ミリー・アダムズ／柚野木　菫 訳
《純潔のシンデレラ》

狂おしき再会　ペニー・ジョーダン／高木晶子 訳
《伝説の名作選》

生け贄の花嫁　スザンナ・カー／柴田礼子 訳
《伝説の名作選》

ハーレクイン・イマージュ　ピュアな思いに満たされる

小さな命を隠した花嫁　クリスティン・リマー／川合りりこ 訳

恋は雨のち晴　キャサリン・ジョージ／小谷正子 訳
《至福の名作選》

ハーレクイン・マスターピース　世界に愛された作家たち ～永久不滅の銘作コレクション～

雨が連れてきた恋人　ベティ・ニールズ／深山　咲 訳
《ベティ・ニールズ・コレクション》

ハーレクイン・プレゼンツ作家シリーズ別冊　魅惑のテーマが光る極上セレクション

王に娶られたウエイトレス　リン・グレアム／相原ひろみ 訳
《リン・グレアム・ベスト・セレクション》

ハーレクイン・スペシャル・アンソロジー　小さな愛のドラマを花束にして…

溺れるほど愛は深く　シャロン・サラ他／葉月悦子他 訳
《スター作家傑作選》

ハーレクイン文庫

「一人にさせないで」

シャロン・サラ／高木晶子　訳

捨て子だったピッパは家庭に強く憧れていたが、既婚者の社長ランダルに恋しそうになり、自ら退職。4年後、彼を忘れようと別の人との結婚を決めた直後、彼と再会し…。

「結婚の過ち」

ジェイン・ポーター／村山汎子　訳

ミラノの富豪マルコと離婚したペイトンは、幼い娘たちを元夫に託すことにする――医師に告げられた病名から、自分の余命が長くないかもしれないと覚悟して。

「あの夜の代償」

サラ・モーガン／庭植奈穂子　訳

助産師のブルックは病院に赴任してきた有能な医師ジェドを見て愕然とした。6年前、彼と熱い一夜をすごして別れたあと、密かに息子を産んで育てていたから。

「傷だらけのヒーロー」

ダイアナ・パーマー／長田乃莉子　訳

不幸な結婚を経て独りで小さな牧場を切り盛りし、困窮するリサ。無口な牧場主サイが手助けするが、彼もまた、リサの夫の命を奪った悪の組織に妻と子を奪われていて…。

「架空の楽園」

シャロン・サラ／泉　由梨子　訳

秘書シエナは富豪アレクシスに身を捧げたが、彼がシエナの兄への仕返しに彼女を抱いたと知る。車にはねられて記憶を失った彼女が目覚めると、夫と名乗る美貌の男性が…。

「富豪の館」

イヴォンヌ・ウィタル／泉　智子　訳

愛をくれない富豪の夫ダークから逃げ出したアリソン。4年後、密かに産み育てる息子の存在をダークに知られ、彼の館に住みこんで働かないと子供を奪うと脅される！

ハーレクイン文庫

「運命の潮」

エマ・ダーシー／竹内　喜　訳

ある日大富豪ニックと出会い、初めて恋におちた無垢なカイラ。身も心も捧げた翌朝、彼が電話で、作戦どおり彼女と枕を交わしたと話すのを漏れ聞いてしまう。

「小さな奇跡は公爵のために」

レベッカ・ウインターズ／山口西夏　訳

湖畔の城に住む美しき次期公爵ランスに財産狙いと疑われたアンドレア。だが体調を崩して野に倒れていたところを彼に救われ、病院で妊娠が判明。すると彼に求婚され…。

「運命の夜が明けて」

シャロン・サラ／沢田由美子 他　訳

癒やしの作家の短編集！　孤独なウエイトレスとキラースマイルの大富豪の予期せぬ妊娠物語、目覚めたら見知らぬ美男の妻になっていたヒロインの予期せぬ結婚物語を収録。

「億万長者の残酷な嘘」

キム・ローレンス／柿原日出子　訳

仕事でギリシアの島を訪れたエンジェルは、島の所有者アレックスに紹介され驚く。6年前、純潔を捧げた翌朝、既婚者だと告げて去った男――彼女の娘の父親だった！

「聖夜に降る奇跡」

サラ・モーガン／森　香夏子　訳

クリスマスに完璧な男性に求婚されると自称占い師に予言された看護師ラーラ。魅惑の医師クリスチャンが離婚して子どもの世話に難儀していると知り、子守りを買って出ると…？

「虹色のクリスマス」

クリスティン・リマー／西本和代　訳

妊娠に気づいたヘイリーは、つらい過去から誰とも結婚しないと公言していた恋人マーカスのもとを去った。7カ月後、出産を控えた彼女の前に彼が現れ、結婚を申し出る。